바람의 파노라마

고대로마 시칠리아 이탈리아

윤재영 기행수필집

윤재영
기행수필집

바람의 파노라마
고대로마 시칠리아 이탈리아

2022년 7월 5일 초판 1쇄 발행

글 · 사진 윤재영
표지디자인 · 삽화 유환석

펴낸이 원미경
편 집 김미나 정은미
펴낸곳 도서출판 산책
        강원도 춘천시 우두강둑길 23
        TEL 033)254-8912
        book4119@hanmail.net

등록 1993년 5월 1일 춘천80호

윤재영 기행수필집

바람의 파노리마

고대로마 시칠리아 이탈리아

바람의 파노라마

로마의 트레비 분수에 어깨너머로 동전을 던지면 다시 오게 된다는 말에 재미로 그냥 해 본 것인데 세 번이나 더 가 보게 되었다. 네 번째는 시칠리아도 포함했다.

인간이 없으면 신도 없고 신이 없으면 인간도 없다고 했다. 고대 그리스가 신들의 놀이터였다고 하면 고대 로마는 인간의 전쟁터였다. 신들은 판을 깔아놓고 인간을 앞세워 한 판에 오백 년 또는 천년을 주기로 내기를 두고 있는 것 같다. 고대 로마의 건국에서 공화정 그리고 제국의 흥망, 크리스천 시대였던 중세기 르네상스 그리고 근대 현대 끝판의 승부를 가리고 있다.

자그마했던 도시국가 로마가 세계를 정복했다. 음식을 삼키면 몸이 알아서 하듯 황제가 뱉은 한 마디에 생사가 오갔다. 로마의 평화라는 찬란한 영광의 한 수 아래 누군가의 피비린내가 진동했고 고유한 문화와 예술은 앓이를 했다. 보답이라도 하려는 듯 천 년이 지나 문예 부흥 운동인 르네상스가 일어나 어둠의 틀에 갇혀 있었던 유럽과 세계의 문을 열어 주었다.

신은 인간의 몸을 빌려 그들의 능력을 발휘하였다. 그것은 약육강식의 형태로 나타난 욕망이란 바람의 실체였다. 꽃이 피고 지는 자연의 순리로 동서고금을 통해 반복되고 있다. 이천 년 전의 이야기가 엊그제처럼 가까이 느껴진다. 과거는 그때나 저때가 서열이 없이 관념 속에 존재한다.

바람은 어디에서 시작하여 어디까지 왔으며 어디로 불 것인지, 개미 한 마리 횃불을 들고 돌아본 유적지와 여행했던 곳을 지금이란 시간의 틀 속에 엮어 보았다. 참고자료를 제공해 주신 David Dedo 교수님, 격려해 주시는 난문소 배성욱 교수님, 따뜻하게 맞아주시는 최돈선 이사장님과 최유옥 사모님, 그림과 삽화를 정성껏 그려주신 유환석 화백님 그리고 환경과 여건을 만들어 주고 함께해 주신 모든 분께 감사드린다.

차례

/

Contents

제5장

행복이란 무엇인가? 고대 로마 철학자와 일상

제6장

고대 그리스와 로마가 만나다 아름다운 섬 삼발이 시칠리아

I

징조를 보여주세요
레마가 될 뻔한 로마

불타는 트로이를 탈출한 아이네이아스
로마의 시조가 되다

로마의 건국 신화는 1세기 베르길리우스BC70-BC19가 쓴 대서사시 소설 〈아이네이드Aeneid〉에 근거하며 주인공 아이네이아스가 로마의 시조가 되었다. 이 작품은 기원전 8세기 그리스 시인 호메로스가 쓴 〈오디세이아Odysseia〉와 맞먹는다고 한다. 그들의 이야기가 시작하는 배경은 기원전 13세기에 있었다고 하는 트로이 전쟁이다.

10년의 전쟁 끝에 오디세우스가 고안해 낸 트로이 목마로 성문이 열리고 결국 트로이는 멸망하였다. 그 둘은 패자와 승자로서 가야할 곳을 가는데 또 10년이 걸렸고 비슷한 방랑과 모험과 도전을 하였다. 아이네이아스는 불타는 트로이를 뒤로하고 거동이 불편한 아버지를 업고 식솔과 그의 군사를 이끌고 극적으로 탈출하였다.

풍랑을 헤쳐나갔고 지하세계에 가서 선조들을 만나 조언을 듣기도 하고 사랑도 나누었다. 아이네이아스는 북아프리카 카르타고에서 그곳 여왕 다이도와 살았고 오디세우스는 칼립소 여신과 그녀의 섬에서 7년을 살았다. 안주하여 명예와 권력과 부를 누리고 살 수도 있었으나 미련 없이 하나는 고향을 만들기 위해 하나는 고향을 향해 길을 떠났다.

아이네이아스의 어머니는 비너스이고 아버지는 트로이 장군 안키세스이다. 로마는 그들의 선조가 그리스의 영웅 오디세우스보다 더 훌륭하고 용감한 지도자라고 했다. 좁은 카리브 해협을 지나가야 했는데 한쪽에는 사람을 낚아채는 발이 여섯 개가 달린 괴물 스킬라가 있었고 다른 쪽에는 다 같이 죽거나 아니면 살 수 있는 소용돌이 카립디스가 있었다. 오디세우스는 괴물 쪽으로 가서 군사 여섯 명을 잃었지만 아이네이아스는 소용돌이 쪽을 선택하여 다 같이 살아났다고 하여 그들 조상이 지도자로서 더 용기와 자질이 있음을 내세웠다.

트로이는 흑해로 들어가는 입구에 있었던 도시였다. 트로이 왕자 파리스가 그리스 스파르타에 왔다가 여왕 헬렌을 데리고 갔다. 그리스 쪽에서 보면 파리스가 그녀를 납치해간 것이고 트로이 쪽에서 보면 여왕이 파리스를 사랑하여 자진해서 쫓아간 것이다. 여왕을 돌려달라고 해도 돌려주지 않자 그리스는 연합군을 형성해 트로이를 공격하였다. 그렇지 않아도 그리스 상선이 흑해로 들어가려면 입구를 지키는 트로이한테 막대한 돈을 주어야 했으므로 그들은 손톱 밑에 가시였다. 전쟁에서 패배한 트로이는 초토화되어 역사 속에서 사라지게 된다.

아이네이아스가 처음 도착한 곳은 라티움이었다. 그곳 왕 라티누스의 딸 라비니아와 결혼하였다. 땅을 얻어 건설한 후 그녀의 이름을 따 라비니움이라고 했다. 그들의 후손이 테베레Tevere 강가에 정착하여 로마를 건국하게 된다.

로마의 시인은 애국적인 경향이 있고 귀족 가문의 후원을 받아 그들의 우월성과 정통성 그리고 위대함을 홍보하였다. 베르길리우스는 소설로 쓴 그의 작품을 버리라고 했는데 첫 황제가 된 어거스투스가 그것을 로마의 긍지와 황제의 정당성을 알리는 토대로 삼았다.

징조를 보여주세요
레마가 될 뻔한 로마

아이네이아스의 후손이 테베레 강가에 알바롱가라는 도시를 세웠다. 몇 세대를 내려오다 왕권을 두고 형 누미토르와 동생 아물리우스 사이에 다툼이 벌어져 동생이 형을 쫓아내고 왕이 되었다. 그리고 형의 대를 끊기 위해 그의 딸 살비아가 자식을 낳지 못하도록 신전에 여사제로 보냈다. 하지만 그녀는 임신하여 쌍둥이 아들 로물루스Romulus와 레무스Remus를 낳았다.

아버지를 밝히라고 하자 그녀는 전쟁의 신 마르스라고 했다. 왕은 그들을 죽이고 싶었으나 신의 자식이라고 하니 두려웠다. 그래서 고민 끝에 바구니에 넣어 테베레강에 버리라고 했다. 마침 홍수가 나 떠내려가던 바구니는 캐피톨라인Capitoline 언덕 경사진 곳에 걸렸다. 이때 마르스의 신성 동물인 어미 늑대 루파가 나타나 그들에게 젖을 물리고 딱따구리 피구스가 먹을 것을 갖다 주어 살아났다.

목동에 의해 구해진 그들은 팔란타인Palantine 언덕에서 성장하였으며 용감한 행동을 하여 마을 사람들에게 신뢰를 받았다. 어느 날 그들의 과거에 대해 알게 되자 알바롱가로 쳐들어가 작은할아버지를 죽이고 그의 할아버지를 다시 왕좌에 앉혔다. 그리고 다시 팔란타인 언덕으로 가서 도시를 세웠다.

형제는 서로 왕이 되겠다고 티격태격했지만 결말이 나지 않자 신이 누구를 선택하는지 징조를 보기로 했다. 그때 동생 레무스 위로 6마리의 독수리가 날아갔다. 그는 신이 그를 선택했다고 왕권을 주장하는데 바로 이어 12마리가 형 로물루스 머리 위로 날아갔다. 먼저 나타난 것인지 많이 나타난 것인지, 신이 누구를 점지했는지 서로 싸우다가 형이 동생을 죽였다. 로물루스는 첫 번째 왕이 되었고BC753 누구든지 그와 도시를 모욕하는 자는 죽음을 면치 못할 것이라고 선포하였다. 도시는 그의 이름을 따서 로마가 되었다. 레무스가 이겼다면 레마가 될 뻔했다.

전설인지 자작극인지 로물루스는 로마에서 가장 뛰어난 가문 중의 하나인 율리우스가 되었고 그의 후손으로 카이사르와 첫 번째 황제 어거스투스로 이어졌다. 그들의 역사는 형제의 난을 통해 힘센 자가 살아남는 약육강식의 거친 기질로 시작되었으며 국가를 위해 목숨을 바칠 수 있는 애국심이 미덕이 되었다. 하늘의 징조를 보고 왕을 선택하고자 했던 것 또한 그들의 종교적 의식의 서막이었다.

왕정이 시작되다
늪지대에 물을 빼고 만든 포름

로물루스는 무법자, 집 없는 사람, 범죄자 등 사회에서 낙오된 남자를 모아 군대를 조직하였다. 그들은 싸우기는 잘했으나 교양이나 문화가 없었으므로 북쪽에 그리스 아테네 만큼이나 문명화된 도시 에트루스Etrus의 관습을 받아드렸다. 부에 따라 계층이 정해졌고 귀족가문파트리시안으로 원로원이 구성되었다.

자그마하고 척박한 땅에다 야만적이었던 로마가 커질 수 있었던 것은 그들의 한번 물면 놓아 주지 않는 끈질김과 유리한 지형적 조건때문이었다. 이탈리아는 남쪽에는 시칠리아와 반도 사이에 해협이 있고 북쪽에는 알프스산맥과 등줄기 산맥이 방어막이 되었다. 일곱 개의 언덕은 홍수를 면할 수 있었고 외부의 침략을 견제하기에 적격이었다. 로물루스가 팔란타인 언덕에 왕궁을 지은 후 대대로 귀족 가문이 이곳에 살게 되었다. 영어 단어 왕궁 팔리스palace는 여기에서 유래되었다. 캐피톨라인 언덕에는 권력의 상징으로 신전이 세워졌다. 강 가까이 있는 늪지대에 물을 빼고 돌로 길을 깔았다. 소를 사고팔고 하던 시장이 정치의 중심지로 발전하였다.

로물루스는 원로원의 조언을 무시하고 독재를 하다가 결국 살해당했다. 아이러니하게도 공화정 말기 그의 후손이라고 자칭했던 최고의 권력자 카이사르도 그렇게 죽었다. 원로원은 민심을 달래기 위해 그의 공로를 인정하고 신격화하였다.

두 번째 왕 누마는 현명하고 평화를 옹호했고 종교적이었다. 광장에 신전을 세우고 후에 교황의 타이틀이 된 폰티펙스 막시무스를 사제로 그리고 여사제도 두었다. 야누스 신전을 지어 전쟁시에 이기고 돌아오라는 뜻에서 신전의 문을 열어 놓았고 평화로울 때는 계속 유지하라고 문을 닫아놓았다. 그가 통치하는 동안에는 계속 닫혀 있었다. 그 후 600여 년 동안 문이 닫혔던 것은 겨우 네 다섯 번이었다.

로마 왕정 250여 년 동안 7명의 왕이 있었는데 그중에 사비니에서 한 번 그리고 끝으로 세 명이 에트루스인이었다. 이때 기록은 기원전 390년 갈리아인들이 로마를 점령했을 때 유실되었다가 나중에 재정리되었다. 다른 도시의 사람이 왕이 되었다는 것이 로마의 자존심에 상하게 했으며 귀족들은 한 사람에 의해 권력이 행사되는 왕이란 말 자체를 혐오했다. 기원전 509년 왕을 몰아내고 매년 투표를 하여 두 명의 통령인 집정관과 관료를 뽑아 권력 견제와 분배를 하는 공화정이 시작되었다.

사비니 여인의 납치 사건
로마의 여사제 타르피아, 왜 성문을 열어주었나

군사 남자로만 구성된 로마는 대를 이어줄 여자가 필요하자 이웃 도시를 넘보았다. 사비니Sabini 왕은 로마가 커지는 것을 경계하는 차원에서 그들의 여자가 로마 군사와 결혼하는 것을 금하였다.

다급해지자 로마는 음모를 꾸몄다. 넵튠 페스티벌을 크게 열어 이웃 도시를 초대한 후에 느슨해진 틈을 타서 여자를 납치하는 거였다. 날로 성장하는 로마를 구경하기 위해 많이 참여하였다. 분위기가 한창 무르익을 즈음 대장이 신호를 보냈다. 로마 군사 탈라시우스가 한 여자를 말에 싣고 달아나면서 "탈라시그의 여자"라고 외쳤다.

이때 삼십여 명의 여자가 납치되었다. 사비니 왕이 그들을 돌려달라고 했으나 로마가 거절하였다. 로마는 군사들이 정식 결혼절차를 밟았고 대우를 잘 해주고 떠날 수 있는 선택권을 주었으나 여자들이 원하지 않았다고 했다. 그 상황에서 돌아가고 싶어도 안가거나 못 갔을 것 같다.

사비니 군대가 로마로 공격해 와 성 밖에서 진을 치고 있었다. 이제나저제나 기회를 보던 중 여사제이자 성주의 딸 타르피아가 어느 날 성 밖으로 물 길러 나왔다가 잡혀 사비니 왕한테 끌려갔다. 무슨 일이 있었는지 무사히 성 안으로 들어온 그녀는 적군에게 성문을 열어주어 대대손손 로마의 배신자가 되었다. 왕이 왼쪽 팔에 차고 있던 황금 팔지가 탐이 나서 그랬는데 군사들이 성안으로 들어오면서 금 대신 왼쪽 손에 들고 있던 방패를 던져 그녀가 압사했다는 등 여러가지 이야기가 있다.

과연 성주의 딸이자 여사제가 황금에 눈이 어두워 국가를 배신했을까? 왼손에 들고 있던 방패를 내려놓고 항복하라고 적장을 설득시켰다는 것이 더 납득이 간다. 그녀가 그렇게 할 수 있었던 것은 사랑밖에 없을 것 같다. 그러나 배신을 당하여 죽임을 당한 것은 아닌지. 로마의 딸이 적장을 사랑했다는 것이 그들의 자존심을 건드려 그녀는 억울하게 희생양이 된 것은 아닌지.

그녀의 시신은 캐피톨린 언덕 남쪽으로 절벽 바위 아래 25m 정도 되는 곳에 던져졌다. 그래서 이곳이 타르피안 바위로 불리게 되었다. 적절한 장례를 치르지 않고 새나 짐승이 먹게 시체를 버리는 것은 영혼이 중천을 떠돌아다녀야 하므로 가장 불명예스럽고 무서운 형벌이었다.

성 안으로 쳐들어온 사비니와 로마 군사가 격렬하게 싸움이 붙었다. 이때 한 여인이 머리를 풀어헤치고 옷을 찢고 울부짖으며 뛰어나와 둘 사이를 가로막았다. 그녀는 로물루스의 아내가 된 사비니 왕의 딸이었다고 한다.

> "남편 없이 과부로 사느니 그리고 아버지 없이 고아로 사느니
> 차라리 제가 죽겠습니다."

이 일로 양측이 모두 설득되어 창을 내려놓았다. 그리고 두 왕이 함께 도시를 다스리기로 했다. 이것은 두 명의 집정관통령이 국가를 다스리기 시작한 첫 단추가 되었다. 하지만 얼마 후 사비니 왕이 의문의 죽음을 맞았다. 내막을 알 수가 없으나 로물루스가 홀로 집권하려고 그를 죽였다고 한다. 왕이 되려고 동생도 죽였는데 그 정도는 놀랄 것도 아닌 것 같다.

다비드의 사비니의 여인들

사비니 여인의 납치 사건은 로마뿐만 아니라 서양 결혼 관습이 되어 재현되고 있다. 로마에서는 신부의 집에서 식을 마친 신랑은 횃불을 들고 신부를 데리고 가는 동안 사람들이 견과류를 던지며 "탈라시"라고 외친다고 한다. 신랑집에 도착하면 신부는 횃불을 사람들에게 던졌는데 이것을 받는 사람은 오랫동안 행복하게 산다고 믿게 되었다. 이것이 현대에 와서 꽃다발로 바뀌었다. 신랑이 신부를 덜렁 들고 문지방을 넘거나 방으로 들어가는 것 또한 사비나 여인의 납치에서 유래 되었다.

로마로 간 그리스의 아프로디테와 아레스
비너스와 마르스로 숭배받다

    그리스의 올림포스 신들은 로마로 가면서 이름이 바뀌었다. 그중에 두드러지는 신은 미의 여신 아프로디테와 전쟁의 신 아레스이다. 아테네에서는 조롱까지 받던 그들이 로마로 가서는 비너스와 마르스로 재탄생하여 비너스는 로마의 시조 아이네아스의 어머니가 되고 마르스는 로마를 건국한 로물루스의 아버지가 되었다.

보티첼리의 비너스와 마르스

바람의 파노라마 _ 고대로마 시칠리아 이탈리아

전쟁의 신에는 아테나 여신과 아레스 남신이 있다. 아테나는 아테네의 수호신이었기에 아테네가 그녀를 옹호하는 것은 당연했다. 반면 아레스는 그들의 경쟁 도시국가인 스파르타와 그들이 야만인이라고 무시했던 북동쪽에 있는 트라키아가 숭배했으므로 그를 무자비하게 만들었다. 아테나가 정의와 평화를 지키기 위해 전쟁을 했다면 아레스는 전쟁을 위한 전쟁을 했다. 그는 공포와 패닉을 이끌고 다녔으며 그가 가는 곳마다 대지는 피로 물들었고 그들의 잔인함에 세상이 떨었다. 다른 이의 고통과 피를 즐기면서도 막상 자신이 다쳤을 때 울부짖는 겁쟁이라고도 했다. 한편, 로마의 마르스는 전쟁터에서 신을 위해 싸우다 죽는 것은 명예로운 것이라고 외치게 하여 로마 군사의 용기와 사기를 돋웠다. 첫 번째 황제가 된 아우구스투스는 포럼 광장에 마르스의 신전을 지어 로마의 최고 신으로 받들었다. 싸움의 기술무예을 의미하는 마샬아츠Martial Arts는 마르스신에서 유래되었다.

그리스가 아프로디테비너스를 못마땅하게 여겼던 것은 그녀가 적대국인 트로이 편을 들었기 때문이다. 가장 아름다운 여신을 가장 못생기고 일만 하는 대장장이 신 헤파이스토스불칸와 결혼시켰다. 특히나 아레스와의 정사를 파헤쳐 모든 신 앞에서 창피를 주기도 했다. 신이 인간과 관계를 맺는 것은 명예로운 아니었음에도 그녀는 트로피 왕자를 사랑하는 수준까지 내려갔다.

비너스는 하늘의 신 우라노스의 정기가 바다에 떨어져 일어난 거품에서 태어났다. 바다 한가운데서 작렬하게 떠오르는 아침 태양은 그녀를 통해 생겨난 생명의 신비이며 인간은 사랑으로 만들어졌고 사랑은 궁극적 아름다움을 상징한다.

그녀는 성적 욕구 또는 육체적 결합을 뜻하며 태초부터 있었고, 처녀 여신 세명을 제외한 모든 신과 인간을 지배하는 마력의 힘을 가지고 있다.

그녀가 없었다면 인류가 존재하지도 않았겠지만 반면에 그녀 때문에 나락으로 떨어지기도 했다.

비너스의 아들 에로스Eros는 큐피드Cupid가 되어 활을 메고 다니며 어머니의 뜻을 받들고 있다. 어머니는 연인들을 만나게 해주고 아들은 연인들의 가슴에 화살을 쏘곤 한다. 그는 본래 양성을 지닌 성인이었지만 나중에 따로 눈을 가린 귀여운 개구쟁이 아이로 표현되는데 그것은 사랑하면 눈이 멀기 때문에 그렇다. 그의 화살은 작지만, 하늘 높이까지 가기도 하고 땅끝 죽음까지 날아간다. 두 연인에게 동시에 화살을 쏘면 좋겠으나 가끔 한 쪽에만 쏘게 되면 짝사랑의 아픔을 겪어야 한다. 비너스의 다른 아들 인테로스는 이루어지지 않는 사랑에 대해 복수를 해준다.

신화를 쓴 작가는 여럿이 있다. 어느 것이 어디에서 인용되었는지는 확인할 바 없다. 단지, 로마의 대서사 로마시인 오비드Ovid, BC43-AD18는 그리스에서 공부하였고 신화를 새롭게 서정적이고 구체적으로 구사하였다. 그의 작품 〈신통기〉와 〈변신이야기〉가 가장 많이 인용되는 신화 중에 하나라고 한다. 그가 쓴 〈사랑의 예술〉에서 사랑은 놀 가치가 있는 유일한 게임이라고 했다. "시간은 모든 것을 잡아먹고 떨어지는 물은 돌을 뚫고 반지는 사용하면 낡는다"는 말로 감동을 주었지만 황제의 감정을 건드렸다. 누명인지 꼬투리인지 그는 어거스투스의 손녀딸과 관계를 맺었다고 하여 로마의 시베리아 같은 곳으로 추방당한 후 그곳에서 죽었다.

하늘에 별이 된 올림포스 신
헤라, 제우스 품에 안기다

　로마로 간 그리스 신들은 하늘에 올라 현재 태양계의 행성이 되어 돌고 있다. 태양인 아폴로를 중심으로 가장 가까이 있는 수성은 머큐리가 된 제우스의 전령 헤르메스, 금성은 비너스가 된 미의 여신 아르테미스, 지구는 대지의 여신 가이아, 화성은 마르스가 된 전쟁의 신 아레스, 목성은 주피터가 된 신들의 왕 제우스, 토성은 새턴이 된 제우스의 아버지 티탄 크로노스, 천왕성은 우라노스 첫 번째 신족인 하늘, 해왕성은 넵튠이 된 바다의 왕 포세이돈, 명왕성은 풀르토가 된 지하세계의 왕 하데스이다.

　행성 중에 가장 큰 목성인 주피터는 주위에 79개의 연인인듯한 위성을 거느리고 있는 것으로 그의 위력을 보여 준다. 가장 가까운 순서로 이오, 유로파, 가니메데 그리고 칼리스토가 있다.

　이오는 제우스가 헤라의 눈을 피해 소로 변신시킨 후 이집트로 가게 하여 다시 인간이 되게 했다. 그녀는 제우스의 아들딸을 낳았고 4대 후손인 다나우스가 50명의 딸을 데리고 그리스로 와 자손을 퍼뜨렸다. 그녀의 이름을 딴 바다 이오니아해가 있고 제우스와 가장 가까운 사이가 아니었나 싶다.

유로파가 제우스의 사랑을 거절하자 그는 멋진 소로 변신해 관심을 끈후 그녀를 등에 태우고 크레타섬으로 가서 자식을 낳아 그들의 조상이 되었다. 유럽은 그녀의 이름에서 나왔다. 가니메데는 트로이 왕자로 제우스는 그가 세상에서 가장 잘생긴 미소년이라고 하였고 제우스의 새인 독수리로 하여금 그를 납치해 올림포스로 데려와 그의 술잔 시중을 들게 하였다. 그는 제우스의 위성 중에 가장 크다.

칼리스토는 아르카디아의 왕 리카온의 딸이었다. 리카온이 신을 초대한 후 인육을 대접하였다가 신들이 화가나 그를 늑대로 만들었고 그의 잘못으로 딸까지 고통을 받았다. 그녀는 아르테미스를 섬기며 처녀로 살기로 했다. 그러나 그녀의 사냥하는 모습에 매혹된 제우스는 아르테미스의 모습으로 변신해 그녀에게 다가가 사랑을 나누었다. 어떻게 된 사연인지는 몰라도 그렇게 하여 칼리스토는 임신하게 되었다. 배가 불러오자 조심조심 숨겨왔으나 목욕을 하다 그만 들켜버렸다. 그녀는 쫓겨났고 동굴에 가서 혼자 아들을 낳았다.

이것을 알게 된 헤라는 칼리스토를 곰으로 만들었고 아기 아르카스는 한 농부가 발견하여 데려다 키웠다. 곰이 된 칼리스토는 숲속에서 아르테미스의 화살을 피해 쫓겨 다니는 신세가 되었다. 어느 날 곰 앞에 멋진 젊은 사냥꾼이 나타났다. 곰은 그가 그녀의 아들이란 것을 금방 알아차렸으나 사냥꾼에게는 위험의 대상일 뿐이었다. 화살을 쏘려고 겨냥하고 있는 순간 제우스가 그 둘을 하늘에 들어 올려 큰 곰과 작은 곰 별자리로 만들어 주었다. 헤라는 또 질투가 나서 바다의 신을 설득해 그 곰들이 다른 별들과 같이 바다로 내려와 휴식을 취하지 못하게 하였다. 그래서 그들은 한동안 수평선 아래로 떨어지지 못하고 북극 하늘만 맴돌아야 했다.

제우스의 아내 헤라는 어디에 있나? 그녀는 신들의 여왕으로서 지구 곳곳에서 대접을 받았지만 하도 제우스의 여자들을 괴롭혀서 그런지 우주에서는 체면이 말이 아니다. 소행성대Asteroid Belt에 위치한 작은 행성으로 그것도 세레스와 파레스 다음으로 세 번째이고 네 번째가 베스타이다.

그러나 인간은 신들의 여왕 헤라를 잊지 않았다. 2011년 우주 탐사선으로 만들어 제우스에게 보냈다. 5년이나 홀로 28억km를 비행한 후 그와 상봉하였다. 그 대가로 그녀는 제우스 목성의 대기와 내부 층을 연구할 수 있는 정보를 보내 준 후 그의 품에 영원히 안기게 되었다. 그녀가 보내온 사진에는 이오, 유로파 그리고 가니메데의 사진도 찍혀있었다.

2020년 12월 21일 제우스 목성과 그의 아버지 토성이 서로 만났다. 둘 사이에 거리가 얼마가 되는지 모르겠지만 지구에서 보는 시각에서 그 둘은 서서히 가까워지다 랑데뷰하는 감격스러운 순간이었다.

제례의식을 중요시한 미신적 정신세계
로마의 종교가 되다

로마는 신화 속의 신들을 애국심과 결부시켜 현실적이고 실용적으로 이용했다. 그리스가 신들을 인간화한 횡적 관계였다면 로마는 그들을 하늘로 올려보내 종속관계로 만들어 떠받들었다. 신들이 많으면 많을수록 좋다고 생각하여 다른 나라를 정복할 때마다 그곳에 신을 받아드렸다. 프리기아의 키벨레Cybele와 이집트의 이시스Isis, 엘레우시스Eleusis와 디오니소스Dionysos가 대표적이다.

보이지 않는 힘이나 혼령인 누미나Numina를 믿었고 국가에서 통합적으로 모신 신과 각 가정에서 개인적으로 모신 수호신들이 따로 있었다. 전쟁의 신 마르스와 시작의 신 야누스는 국가적 차원에서 숭배했다. 가정에서는 라르Lars라는 결혼을 축복해 주고 죽음으로부터 보호해 주는 조상신이 있었고 화로와 곡식 창고의 보호신 페나테스Penates가 있었다.

제물을 바친 만큼 그리고 정성을 드린만큼 보호해 준다고 믿었으므로 제례 절차가 아주 중요했다. 조금만 형식에서 벗어나면 처음부터 다시 시작하였다. 가장 좋은 부위를 태워 수컷은 남신 암컷은 여신에게 바치고 하얀 동물은 하늘 신에게 까만 동물은 지하 신에게 바쳤다. 또한, 이례적인 현상을 통해 신이 메시지를 전해 준다고 믿었다. 희생제물로 바친 동물의 내장 형태를 보고 행사를 진행하거나 취소하기도 했다.

전쟁을 시작하거나 조약을 맺을 때 신 앞에서 그들의 행위를 정당화하였다. 적을 저주하는 글을 적어 지하신에게 바치고 우물에 빠뜨리거나 동굴에 던지거나 땅에 묻었다. 승리를 거두고 돌아와 주피터와 마르스 신전으로 가서 전리품을 바쳤다.

로마를 건국한 로물루스 형제도 새가 날아가는 것으로 누가 왕이 될 것인지 정하려고 한 것부터 그들은 미신을 믿은 것 같다. 닭이 모이를 거절하거나 검은 고양이가 앞을 지나가는 것은 나쁜 것이었고 아침에 일어나 신발을 잘못 신으면 나쁘고 장거리 여행을 떠날 때 이슬을 보면 좋은 징조였다. 1세기 로마 제국의 첫 황제는 물개 표피 조각을 가지고 다녔는데 이것이 벼락에서 보호해 줄 것이라고 믿었다고 한다.

안토니우스와 파우스티나 신전(포롬 로마노)

과거와 미래 사이
두 얼굴의 야누스 신

두 얼굴의 신 야누스Janus는 로마의 독창적인 신으로 건국 때부터 있었다. 그는 대문의 신으로 모든 시작과 끝을 관장한다. 달력에 영어 1월은 그의 이름 제뉴어리January이다. 태초에 혼란 카오스 Chaos 에서 빛이 생기고 세상이 형태를 갖출 때부터 있었으며 하늘로 가는 문을 지켰으므로 제우스도 그를 거쳐야 했다.

포름 광장에 있는 야누스 신전 문에 그의 얼굴 형상을 달아 놓고 사람들이 나갈 때는 기원을 들어올 때는 감사의 예절을 표했다. 젊은이의 모습으로 미래를 보고 있고 수염이 난 노인으로 과거를 보고 있다. 수메르신 중에 두 얼굴이 서로 반대 방향을 보고 있는 이스무드와 비슷하다고 한다. 시작이 반이라고 문을 나가야 무슨 일이 이루어지며 시작이 좋아야 끝이 좋다는 뜻으로 두 얼굴을 가진 "좋은 시작의 신"이었다.

야누스 신의 "두 얼굴"이란 "겉과 속이 다르다." 또는 "들어갈 때와 나갈 때가 다르다."라는 뜻으로 인간의 이중성을 꼬집기도 한다. 그러나 어느 잣대로 현상을 보느냐에 따라 해석이 달라지므로 비난하는 그 자체 또한 이중성이다. 한편, 과거와 미래의 두 얼굴은 관념 속의 시간으로 그들이 만나는 지금, 이 순간이 중요하다는 것을 암시해 주고 있다.

바람의 파노라마 _ 고대로마 시칠리아 이탈리아

죽는 것이 두렵지 않다
로마 시민의 자긍심과 희생정신

영웅은 만들어진다고 했다. 군사와 시민의 강인함과 희생정신에 관한 구체적인 이야기는 로마 후손들에게 자긍심을 갖게 해주었다.

무시우스의 용감성

그는 적장을 암살하기 위해 숨어 들어갔다가 잡혔다. 어떻게 잠입했는지 말하지 않으면 그의 몸을 서서히 불에 지질 거라는 위협을 받았만 굴하지 않았다. 불 위에 올려진 그의 손이 타면서 허연 뼈가 드러났다. "나는 로마 시민이고 죽는 것이 두렵지 않다. 나로 끝나는 것이 아니라 암살 시도는 계속될 것이므로 그대는 죽음의 공포에서 벗어나지 못할 것이다."라고 하며 오히려 큰소리를 쳤다. 적장은 그의 단호함과 의지에 놀라 로마와 협상하였다.

헤레티우스의 희생정신

그가 테베레강 다리에서 보초를 서고 있을 때 적군이 공격해 왔다. 그는 동료 군사에게 로마 쪽으로 돌아가 다리를 파괴하라고 하며 혼자 대항하였다. 적군에게 "너희는 왕의 노예일 뿐 자유란 것이 무엇인지 아느냐?"라고 외치며 시간을 벌었다. 상대 군이 "웃긴 소리 하지 마라"하는 사이에 다리는 파괴되었고 그는 강으로 뛰어들었다. 살았는지 죽었는지 말을 전하는 사람에 따라 다르나 로마는 그의 동상을 세우고 그가 하루에 경작할 수 있는 만큼의 땅을 주었다.

신시내티우스의 의무와 정의

그는 퇴역 장군으로 농사를 짓고 있었다. 전쟁이 일어나자 원로원은 그를 불러 독재관으로 임명하고 군대 통솔권을 주었다. 그는 16일만에 전쟁을 승리로 이끌었다. 임기는 6개월이었으므로 남은 기간 동안 특권을 누릴 수 있었으나 직책을 넘겨주고 다시 농부로 돌아갔다.

고대 로마 남자 시민은 농부이자 군사였다. 농사짓는 것을 명예로 여겼으므로 정치가는 밭에 발을 들여놓지 않아도 농부라고 했다. 평화로울 때는 농사를 지으며 몸과 마음을 단련하고 전쟁이 나면 나가 싸웠다. 개인적인 욕망보다 국가를 위하는 희생정신과 책임감은 그들의 미덕이 되었다.

아들을 죽인 아버지

군법은 자식에게도 적용되었다. 군사끼리 다 같이 싸우다 죽느니 양쪽에 대표가 나와 일대일로 겨루어 승부를 가리곤 했다. 로마의 맨리우스라와 덩치가 그의 두배가 되는 갈리아의 대장이 맞붙었다. 다윗과 골리앗의 싸움처럼 맨리우스는 지략으로 갈리아를 이겼다. 그리고 동정을 살피는 동안 아무도 군영을 떠나지 말라고 했다. 그런데 그의 아들이 아버지는 겁쟁이라고 하며 뛰쳐나가 적장을 죽이고 그의 무기를 가져와 아버지에게 바쳤다. 칭찬을 받을 줄 알았으나 아버지는 아들을 죽여 군법을 어기면 누구도 예외가 없다는 것을 보여주었다.

허래티의 전술과 잔인함

각 편에서 세 명이 나와 싸워 이기는 쪽이 승리하는 거였다. 막상막하로 싸우다가 로마의 장군 둘이 죽고 허래티 하나만 남았다. 적군은 셋 다 살았지만 다들 상처를 입었다. 허래티는 전략적으로 도망가면서 뒤따라오는 적장과 간격을 벌린 후 한 사람씩 싸워 이겼다. 그가 죽은 적장의 피 묻은 옷을 가져 왔는데 그것은 그의 여동생이 만들어 준 옷으로 그는 그녀의 약혼자였다. 그녀가 슬피 울자, "적에 대해 슬픔을 표하면 죽어 마땅하다." 하며 동생을 찔러 죽였다. 법정에 섰으나 그의 아버지가 그를 옹호하여 벌을 받지 않았다. 이천년이 지난 지금도 이 지구상 어디에선가 종교 또는 집안의 명예란 이름으로 여성이 희생당하고 있다.

"이 치욕을 씻어 주세요"
왕정을 몰아내게 된 동기

로마는 그들의 왕이 에트루스인이라는 것에 불만을 품고 있었다. 더구나 왕은 횡포가 심하여 귀족으로 구성된 원로원을 위협했다. 이때 한 여인 루크레티아의 사건은 명예와 체면을 중요시한 사회에서 여성의 역할이 무엇인지 그리고 얼마나 큰지 보여준다.

전쟁에 나가기 전 군사들이 로마 외곽에서 야영을 하고 있었다. 모닥불을 피워놓고 술을 마시며 이상적인 여인상에 대해 이런저런 이야기가 오갔다. 거기에는 왕의 아들 섹투스Sextus도 있었다. 여자의 미덕에 대해 이야기를 나누다가 뜬금없이 그들이 없는 사이 아내가 무엇을 하는지 궁금해졌다. 가장 정숙한 여자를 가려내자고 내기를 걸고 말을 타고 로마로 들어갔다. 아내들은 하나 같이 파티를 열어 서로 흉을 보며 먹고 놀았다. 끝으로 루크레티아의 집으로 갔다. 그녀는 희미한 불빛 아래 하녀와 함께 옷감을 짜고 있었다. 모두들 그녀의 검소하고 소박함에 감탄했고 그녀를 가장 도덕적인 아내로 뽑았다.

다음날 왕의 아들 섹투스는 군영에서 몰래 빠져나와 밤이 되기를 기다렸다가 그녀의 집으로 갔다. 그녀는 잘 대접하였고 잠자리를 위해 손님방으로 안내했다. 그러나 그는 모두가 잠든 때를 기다렸다가 그녀의 침실에 몰래 들어가 강간하려고 했다. 거세게 저항하자 그는 그녀와 그녀의 노예

남자를 죽여 옷을 벗겨 둘을 침대에 놓겠다고 협박하였다. 불명예스러운 소문이 퍼질 것이 두려워서 할 수 없이 그의 요구에 응해 주었다.

다음 날 그녀는 검은 상복을 입고 그의 아버지 집으로 가서 남편과 남편의 친구이자 왕의 친척이 되는 부르투스Brutus를 불렀다.

> "몸을 버려졌지만 제 마음은 깨끗합니다.
> 이 치욕을 갚아 주신다고 약속해 주세요."

그녀는 죽음으로 증명하겠다고 하며 가슴에 품고 있었던 칼을 꺼내 자신의 가슴을 찔러 죽었다. 남자들은 복수심으로 이글거렸다. 그리고 다시는 로마에 왕이 지배하지 못하게 하겠다고 이를 갈며 신 앞에 맹세하였다. 그리하여 부르투스를 선두로 왕을 몰아내고 공화정이 시작되었다. 500년 후 공화정 체제를 지키기 위해 독재자 카이사르를 살해한 것도 그의 후손 부르투스였다.

2

길이 없으면 만들어서 간다
로마, 이탈리아 반도를 장악하다

부에 따라 정해진 사회 계층
매년 시행된 공직자 투표

왕을 몰아내고 로마는 권력이 분리되는 공화정 체제가 되었다. 법을 제안하고 결정하는 원로원을 제외한 모든 공직 관료는 1년마다 투표로 결정되었다. 귀족 가문과 공직에 뽑혔던 사람은 자동으로 원로원이 되었으므로 사실상 로마 공화정은 귀족정치였다. 비록 투표권과 정계 진출이 남자 시민에게 한정되어 있었으나 이때 제정된 법과 제도는 서양 민주주의 그리고 현 미국 헌법을 만드는데 지대한 영향을 주었다.

한 사람의 독재를 막기 위해 제일 높은 관직인 집정관 두 명을 두어 서로 견제하게 하였다. 비상시에는 6개월을 임기로 한 명의 독재관이 임명되었다. 300에서 500여 명의 원로원이 있었으며 서열을 중시했으므로 법을 제안할 때 원로원 제1인자부터 그리고 감찰관, 집정관, 법무관, 조영관, 재무관 순서로 안건을 낼 수 있었다. 서열이 낮은 사람은 윗 사람의 안건에 찬반을 표했다.

공화정 말기에는 부자가 된 평민이 정계에 진출하면서 귀족파와 민중파가 생겼고 이 두 파의 갈등이 불가피해졌다. 민중파인 부유층은 상업 또는 사채업을 하여 돈을 벌었고 대농장을 소유하였다.

농장에서 일하는 사람들은 전쟁시 군사가 되어야 했으므로 그들이 반란을 일으키면 국가에 위협이 될 수 있었으므로 민중을 대변하는 호민관이 생겼다. 그들은 원로원의 간섭을 받지 않았고 신성불가침으로 법적으로 보호되었다. 법안을 내고 원로원을 소집하고 평민에게 불리한 안건이 나오면 거부권 행사도 할 수 있었다. 민중의 편이 되어야 했지만 공화정 말기에 가서는 정치적 야망을 가진 호민관이 집정관이나 원로원의 사주를 받아 민중의 표를 유도하는 비리도 있었다.

로마 사회는 부에 따라 다섯 계층으로 나뉘었다. 투표는 일인 일 표가 아니라 그룹센트리 할당제였다. 귀족이나 부자 계층의 한 그룹에 열 명이 있다면 낮은 계층에게는 몇천 명이 한 그룹이 되었다. 각 그룹에서 과반수가 되면 후보자 한 표를 얻었다. 높은 계층의 그룹부터 개표하여 과반수가 되면 나머지 그룹에 상관없이 결정되었다. 나중에 개선되었으나 그 또한 귀족이나 부유층에 유리한 조건이었다. 현재 미국 대통령 선거는 지역에 따른 할당제로 로마 공화정 제도와 비슷하다.

실제 투표할 때도 문제가 많았다. 시민이 포름에 모여 줄을 서서 이름을 부르면 "예. 아니요."로 답했다. 이때 누구를 선택했는가가 알려지면 폭력과 위협을 받을 수 있었으므로 자유롭지 못했다. 개선책으로 이름을 적어 통에 넣었는데 이 또한 비리를 면할 수 없었다. 통에는 이미 후보자의 이름이 뭉치로 들어가 있었다. 마음만 먹으면 눈을 떠도 코 베어 가는 것은 방법만 다를 뿐 그때나 지금이나 다를바 없는 것 같다.

로마, 이탈리아 반도를 장악하다
대가가 너무 컸던 피로스 승리

자그마했던 로마가 이탈리아 반도를 장악한 것은 기원전 3세기 때였다. 그들은 먹히지 않으려면 먹어야 한다고 공격을 정당화시켰다. 동맹 도시가 도움을 청할 때 도와주는 것은 신의 뜻이고 정의로운 것이라고 했으며 이유가 없으면 만들어서라도 침략을 시도했다.

로마 군단은 머리 하나를 자르면 두 개가 생기는 그리스 신화에 나오는 히드라 뱀 같았다. 전쟁의 승리는 그들의 영광이었고 한 번 공격 하면 끝까지 물고 늘어졌다. 패배하면 그 이유를 살펴 보완한 후 다시 공격하였다. 상황에 따라 새로운 전략을 썼으며 포위하여 끈질기게 기다리며 상대 군의 숨통을 조였다. 그리고 항복하지 않으면 다 죽이거나 노예로 잡아가고 초토화 해버렸다.

끊임없는 전쟁 속에 정복될 위기도 여러 번 있었다. 북쪽에 켈트족인 갈리아Gauls, 현 프랑스의 침략으로BC390 로마는 주노헤라 그리스 여신의 신전이 있는 캐피톨라인 언덕 성벽 안으로 쫓겨가 반년을 버티었다. 어느 날 밤 갈리아 군사가 절벽을 타고 급습하고자 했다. 그러나 거위들이 꽥꽥거려 로마군사들이 깨어 방어할 수 있었다. 거위는 주노의 상징이었고 로마는 그녀가 그들을 살렸다고 기뻐했다. 갈리아는 영토보다 금품에 더 관심이 있었으므로 엄청난 노획물을 가지고 로마를 떠났다. 이후 로마는 성벽을 더 튼튼하게 쌓았고 그들이 다시 쳐들어왔을 때 막아낼 수 있었다.

로마가 커지자 이에 대응하여 라티움 동맹국이 형성되어 라티움 전쟁이 있었고BC340 남부에 삼니움족과 세 번의 큰 전쟁이 있었다. 제3차 때는 삼니움족, 에트루스 그리고 켈트족이 연합하여 로마군과 센티눔에서 싸웠으나 패배하여 이탈리아 중부가 로마의 손에 들어갔다BC291.

끝으로 남쪽에 있는 그리스의 도시 타렌툼이 남았다. 그들은 알렉산더 대왕만큼이나 용기와 지략이 뛰어난 그리스의 지방 에피로스의 왕 피로스Pyrrhus에게 도움을 청했다BC280-BC275. 그는 삼만 명의 훈련이 잘된 군사와 코끼리 부대를 이끌고 왔다. 로마와 싸워 두 번 다 큰 승리를 거두었으나 많은 군사를 잃었다. 피로스는 "한 번만 더 이기면 나는 패할 것이다."라고 하며 퇴각하였다. 그리하여 이겼지만 졌다는 뜻으로 "피로스의 승리"라는 말이 생겼다. 이로써 로마는 이탈리아반도를 장악하게 되었다BC264.

로마는 군대를 빠르게 이동하고 물자를 수월하게 운반할 수 있게 이탈리아 전역에 길과 다리와 터널을 만들었다. 정복한 도시 남자들에게 반쪽 시민권을 주어 법적보호를 받는 대신 그들은 세금을 내고 전쟁시 군대에 가야했다. 이로 인해 로마 군사는 무한정 보충되었고 해외로 손을 뻗치기 시작하였다BC250.

처음으로 해외로 나가 싸우다
카르타고와 제1차 전쟁

로마가 처음으로 이탈리아 영토 밖에서 싸운 것은 남쪽에 있는 시칠리아섬에서였다. 내륙과 3.2㎞ 거리에 있는 메시나는 그리스 아테네의 동맹국가였다. 강대국이었던 북아프리카의 카르타고Carthage, 그리스어 칼케돈가 그들을 넘보자 메시나가 로마에 도움을 청했다.

카르타고는 기원전 9세기 시리아 지방 페니키아 인포에니 또는 퓨닉, Poeni or Punic이 북아프리카현 튀니지 지역에 정착하여 세운 도시국가였다. 기원전 5세기 서지중해-아프리카-이베리아 반도를 점령하여 막강한 제국이 되었다.

시칠리아는 지중해 중간에 있어서 교통의 요지였고 곡창지로 다들 탐내는 곳이었다. 그렇지 않아도 로마는 카르타고가 시칠리아섬을 장악한 후 이탈리아 내륙으로 쳐들어올까 봐 두려워하고 있었으므로 주저함 없이 군대를 보내기로 했다BC264. 서둘러 카르타고의 함선을 본 따 노 젓는 배를 만들었다. 처음 만든 것이라 무겁고 속력도 느려 카르타고의 것과는 비교도 되지 않았다. 더구나 로마는 육군에 강했지 해전에는 경험이 없었으므로 카르카고의 해밀카 장군에 맞서는 것은 하룻강아지 범 무서운 줄을 모르고 달려드는 격이었다. 엎친 데 덮쳐 로마의 함선은 폭풍우를 만나 다 파손되고 겨우 몇 척만 남아 되돌아갔다.

카르카고는 로마가 패배를 인정하고 포기한 줄 알고 메시나 해안에 그들의 함선을 조금만 남기고 퇴각시키고 물자 공급도 줄였다. 그러는 사이 로마는 카르타고의 배를 연구하여 더 효율적으로 만들었고 바다에서 싸우는 방법도 고안해 냈다. 배 앞쪽에 스파이크를 꽂아 적의 배에 가까이 가서 갑판에 찍어 붙인 후 상대방의 배 안으로 쳐들어가 육박전을 벌이는 거였다. 20여 년 동안 끈질긴 싸움 끝에 카르타고는 결국 항복했다.

제1차 퓨닉 전쟁에서 이긴 로마는 카르타고로부터 몇 년 동안 많은 배상금을 내고 시칠리아에 다시는 발을 들여놓지 않겠다는 조약을 받아냈다. 이로 인해 모욕을 당한 카르타고의 해밀카 장군은 복수의 칼날을 갈았다. 스페인으로 출정하는데 아홉 살 된 아들 한니발이 따라나서자 그는 아들에게 로마를 쳐 복수할 것을 신 앞에서 맹세하게 하였다. 한니발은 천재적 전략가이자 최고의 명장으로 성장하였다. 27세에 그곳 총독이 되었고 29세에 로마로 쳐들어가면서 제2차 퓨닉 전쟁을 일으켰다. 전쟁은 패배한 나라의 명칭이 붙는다. 따라서 퓨닉 전쟁은 카르타고가 로마한테 진 전쟁이다.

로마와 카르타고의 악연은 로마가 건국되기 이전부터 있었다. 로마의 시조 아이네이아스가 새로운 땅을 찾아가던 중 카르타고 들렀을 때였다. 그곳 여왕 다이도를 만나 나눈 사랑을 뒤로하고 떠나자 그녀는 그를 저주하면서 몸을 던져 목숨을 끊었다. 물론 로마가 만들어낸 이야기이다.

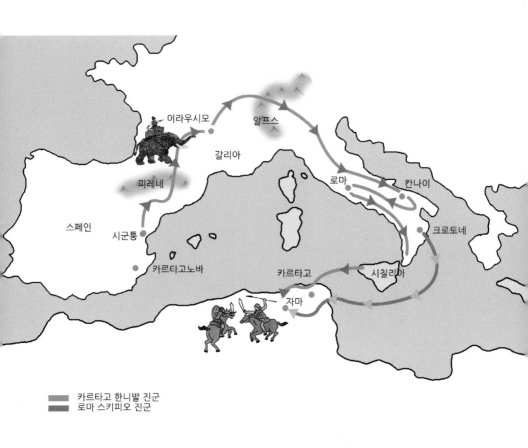

이라우시모
알프스
갈리아
피레네
로마
칸나이
스페인
크로토네
시군통
카르타고노바
카르타고
시칠리아
자마

━━━ 카르타고 한니발 진군
━━━ 로마 스키피오 진군

길이 없으면 만들어서 간다
한니발, 코끼리를 타고 알프스를 넘다

카르타고가 로마와 맺은 조약 중에 하나로 에스파냐스페인에 있는 로마의 동맹 도시를 건드리지 않을 것이란 것이 있었다. 알면서 건드려 본 것인지 아니면 점점 커지고 있는 카르타고를 경계하기 위한 핑계였는지 누가 먼저 시작했다고 가늠하기 어려운 퓨닉 제2차 전쟁이 발발했다BC210. 해전에 강해진 로마는 그들이 바다로 공격해 올 것을 대비하여 해안에 집결해 있었다. 그러나 기상천외한 일이 벌어졌다.

카르타고의 한니발Hannibal, BC236-BC184이 5만명 군사, 9천 명 기마병 그리고 50마리의 코끼리 부대를 대동하여 피레네와 알프스를 넘어 이탈리아 북쪽으로 쳐들어왔다. 5개월에 거쳐 그들은 죽음의 행진을 했다. 눈사태로 병사들과 코끼리가 얼어 죽거나 험준한 산에서 굴러 떨어지기도 했다. 난관이 닥칠 때마다 그는 "우리는 할 수 있다. 길이 없으면 만들어서 간다."라고 외치며 방해물을 치웠다. 대항하는 부족과 싸우며 군사를 잃기도 하고 얻기도 했다. 그렇게 생사고락을 한 살아남은 군사는 천하무적이었을 것이다.

군사들은 산을 넘으면 로마의 땅이 그들의 것이 될 거라고 희망에 차 있었다. 부족들과 싸워 잡은 포로들을 족쇄에 채워 소 돼지처럼 끌고 다니면서 종종 두 사람을 뽑아 죽을 때까지 싸우게 한 후 이긴 자에게 자유와 군복을 주었다. 로마의 검투사 경기를 보는 것 같다. 군사들은 포로가 되어 굴욕을 당하느니 차라리 충성하는 것이 낫다고 생각하여 죽음을 불사하고 싸웠다.

당황한 로마는 놀란 토끼가 되어 서둘러 북쪽으로 군단을 보냈다. 그러나 한니발을 우습게 보았다가 완패당했다. 다시 몇만 명을 보내 그들의 길을 막았다. 하지만 그것도 한니발을 저평가한 것이다. 로마에게 포위를 당하자 한니발은 물이 무릎까지 차는 늪지대를 통해 밤낮으로 3일 행군하였다. 이로 인해 많은 병사가 죽고 그 또한 한쪽 눈을 잃었다.

한니발은 상황에 따라 작전을 바꾸었다. 한번은 로마 장군 파비우스Fabius가 그들을 포위하였다. 호숫가에 안개가 낀 캄캄한 밤중에 한니발은 몇천 마리의 소의 뿔에 불을 달아 달리게 하였다. 로마는 한니발이 공격하는 줄 알고 달려 나왔다가 매복하고 있던 한니발에게 당했다. 그렇게 하여 그들은 한니발은 로마의 성문까지 전진하였다. 얼마나 무서웠으면 아이들이 울 때 한니발이 온다고 하면 뚝 그쳤다고 한다.

매번 패배했으나 쉽게 물러날 로마가 아니었다. 파비우스는 한니발을 상대로 싸우는 것이 자살행위라는 것을 알았다. 더는 무모하게 로마 군사를 희생시킬 수 없다고 하여 선제공격하지 말라고 했다. 공격을 받아도 맞붙어 싸우지 않고 후퇴하였고 멀찌감치 서서 그림자처럼 따라다니며 물자 공급을 막았다. 그러면서 다른 카르타고 장군이 이끄는 군대를 공격하여 가지치기를 하며 숨통을 조이는 전략을 썼다.

코끼리를 타고 알프스를 넘은 한니발은 알렉산더 대왕을 방불케한다. 아이들뿐만 아니라 어른도 그가 온다고 하면 심장이 멈추었을 것 같다. 2천 년 후에 프랑스 혁명을 승리로 이끌고 제2의 로마 제국을 꿈꾸던 나폴레옹Napoleon, 1769~1821이 이탈리아를 정복하기 위해 알프스를 넘으며 "내 사전엔 불가능이란 없다."라고 했다. 알프스를 넘는 자만이 할 수 있는 말인 것 같다.

칸나이에서 초승달 전술로 승리한 한니발
자마에서 스키피오에 패하다

로마 파비우스 장군이 한니발을 쫓아만 다니며 공격하지 않자 다른 장군이 인내심을 잃었다. 로마는 명예와 인기를 얻기 위해 기회만 있으면 서로 전쟁에 나가려고 했다. 어느 장군이 그를 겁쟁이라고 하며 원로원을 설득하여 8만 명의 군사를 이끌고 한니발을 치기 위해 칸나이Cannae로 왔다.

5만명의 군사를 가진 한니발은 숫자로 당해낼 수 없다는 것을 알고 전략을 바꾸었다. 보통 일렬로 맞서 가운데는 강한 그리고 양쪽에 약한 병사를 배치하는 것이 정석이었다. 그러나 그는 반대로 가운데는 약한 양쪽에는 강한 군사를 배치하여 초승달 모양으로 만들었다. 강한 로마군이 가운데를 공격해 오면 싸우지 말고 후퇴하되 간격을 유지하라고 했다. 로마 군사들은 이기는 줄 알고 계속 밀고 들어갔다. 그때 한니발의 기병대와 엘리트 군사가 로마의 양쪽 약한 군사를 치면서 로마군을 전면 포위하였다. 사방팔방에서 공격하며 계속 좁혀들어오자 로마 군단은 무기 한번 제대로 써보지도 못하고 전멸하였다.

반나절에 로마군은 7만 명 그리고 한니발 군사는 6천명이 죽었다. 이것은 역사적으로 가장 짧은 시간에 가장 많은 피를 흘린 전쟁으로 기록되었다. 초승달 전략은 후에 많은 전쟁에 적용되었다. 자존심이 상한 로마는 전쟁하기 전에 제례의식을 치렀던 두 여사제의 탓으로 돌려 하나는 생매

장하고 하나는 자살하게 했다. 이후 그들은 페니키아에서 키벨레 여신상을 들여와 그녀에게 승리를 기원했다.

　로마는 한니발이 없는 카르타고는 이빨 빠진 호랑이라고 생각하여 카르타고의 본토를 치기로 하고 스키피오 장군Scipio, BC235~BC183이 이를 맡았다. 원로원이 몇 개의 군단만 지원하자 그는 개인 돈으로 그외 더 많은 군사를 모았다. 가난하게 된 퇴역 군사가 그의 군단에 들어왔다. 이때부터 군사들은 국가보다 그들을 고용한 지휘관에게 더 충성하기 시작했다.

　스키피오는 스페인에 있는 카르타고 본부를 장악했다. 위기에 처한 카르타고는 로마에 있는 한니발을 불러들였다. 그리하여 그들은 북아프리카 사막 자마Zama, BC202에서 싸우게 되었다. 한니발 군사는 오랜 원정으로 지쳐 있었지만, 로마는 사기가 드높았고 군사 숫자로도 우세했다. 스키피오는 한니발의 전략을 연구하여 분석했고 가볍고 효율적인 단검스페인 부족의 무기 글라디우스Gladius를 도입하여 새롭게 무장했다.

　한니발이 코끼리 부대로 쳐들어오자 스키피오 군사들이 트럼펫을 불어 댔다. 코끼리들이 놀래 우왕좌왕 흩어져 오히려 한니발 군대 쪽으로 달려가 짓밟았다. 이 전투에서 로마 군사 천오백명 한니발 군사 2만5천명이 죽었다. 한니발이 자마전투에서 패배함으로써 16년 동안 벌어진 제2차 퓨닉 전쟁이 막을 내렸다BC201. 카르타고는 막대한 배상금을 내고 소량의 배와 군대만 보유하고 카르타고 영토 밖에서는 전쟁하지 않겠다는 조약에 도장을 찍었다. 이로써 서지중해는 로마의 것이 되었다.

　후에 둘이 서로 만날 기회가 되어 스키피오가 한니발에게 누가 최고의 명장이냐고 물었다. 한니발은 알렉산더대왕, 피로스왕 그리고 한니발 자기 자신이라고 했다. 스키피오가 "내가 그대를 이겼는데 어찌?"라고 묻자 한니발은 "그대가 졌다면 내가 최고 명장이 되었을 것일세."라고 대답하였다.

피리기아의 야성적 여신 키벨레
로마의 위대한 어머니가 되다

한니발의 공격으로 로마가 정복될 위기에 처해 있을 때였다BC204. 풍전등화가 된 로마가 신탁에게 대책을 물어보자 피리기아의 키벨레 Cybele 여신을 모시라고 했다. 로마는 그녀가 원래 그들의 여신이라고 주장했다. 아이네이아스가 트로이를 탈출할 때 그녀가 준 신성 나무로 배를 만들었고 그녀가 주피터에게 그가 항해할 때 파손되지 않게 해 달라고 부탁했다는 것이다.

키벨레는 어머니 여신으로 기원전 13세기 소아시아 아나톨리아 중서부에 있는 피리기아에서 인간과 동물을 다스렸다. 기원전 6세기 그리스에 소개되어 대지의 여신 가이아와 제우스의 어머니 리아 그리고 수확의 여신 데미테르와 동등한 위치에 있었다.

그녀에 대한 이야기는 여러 가지가 있다. 그 중에 하나로 그녀는 제우스가 키벨레 산에서 잠을 자다 흐른 정액에서 임신되어 태어났다. 그런데 아기가 남녀 양성을 다 가지고 있자 제우스는 아기가 커서 자신의 힘을 능가할까 봐 두려워 아기의 남근을 잘라버렸다. 그것이 땅에 떨어져 알몬드 나무가 되었다. 열매가 열려 떨어진 것을 요정의 딸 나나가 먹고 임신이 되어 아들 아티스Attis를 낳았다. 그들은 산속에서 야생동물의 젖을 먹고 자랐다. 그녀는 주술과 약초로 인간을 치유하는 것을 배웠다고 하는데 마녀의 시조가 아닌가 싶다.

키벨레가 아티스를 보자 사랑에 빠지게 되었다. 그러나 그는 물의 요정 나이아드를 사랑하게 되었다. 키벨레가 그것을 알고 나이아드에게 벌을 주어 다시는 만나지 못하게 하자 아티스가 슬픔에 젖어 스스로 거세했다고도 하고 키벨레가 그를 미치게 하여 잘라버렸다고도 한다. 그 이후 그들은 같이 다니며 짐승을 다스렸다.

그때 피리기아에 기근이 들었다. 왕이 신탁에게 물어보자 키벨레를 여신으로 모시라고 했다. 왕은 그녀의 신전을 짓고 숭배하기 시작했다. 그녀를 모시는 사제는 거세해야 했는데 깊은 숲속에서 광란의 춤을 추며 환각에 빠진 상태에서 거행되었다.

그녀는 작은 탑이 달린 왕관을 쓰고 손에 탬버린을 들고 있다. 두 마리의 사자가 그녀의 전차를 끄는데 그들은 그리스 신화에 나오는 아탈란테와 그녀의 남편 히포메네스가 벌을 받아 그렇게 된 것이다. 그 옆에는 남신 아티스가 있다. 로마는 그녀의 야성적인 이미지를 빼고 정숙하고 섬세한 여신으로 만들어 위대한 어머니, 마그나 마테르Magna Mater/Great Mother라고 불렀다. 팔란타인 언덕 꼭대기에 그녀의 신전을 짓고 로마에 도착하는 과정을 재현하는 축제를 열었다.

어머니는 생명과 죽음을 관장한다. 정의로운 어머니는 우리를 위험에서 보호해 주기도 하지만 인정사정없이 매서운 회초리로 내리치기도 한다. 인간은 대지의 어머니에게 감사했으나 두려웠다. 그래서 보호를 청하며 숭배하기 시작했다. 이 전통은 그리스도교에 성모 마리아로 이어졌다.

이유가 없으면 만들어서라도 싸워라
한니발이 죽자 카르타고가 망했다

자마에서 패배한 한니발은 카르타고의 판관이 되어 정치에 관여하였다. 귀족들의 부정부패를 막고 재정을 안정시키려고 했으나 그 일로 인해 기득권을 쥐고 있던 원로들의 원성을 샀다. 그들은 한니발이 재정비하여 다시 로마를 칠 거라는 소문이 퍼뜨렸다.

당시 로마 집정관 카토는 카르타고가 언젠가는 로마를 집어삼킬 것이라고 열변을 토해 불안을 조성했는데 아주 근거 없는 말은 아니었다. 지리적으로 유리한 위치에 있는 카르타고는 해상무역으로 돈을 벌어 회복이 빨랐다. 카토는 그리스문화가 그들을 약하게 만든다고 배척하였고 양배추가 만병통치라고 한 원로원이다.

제2차 전쟁에서 패한 카르타고는 다시는 전쟁을 시작하지 않겠다고 조약을 맺었으므로 다른 도시를 치려면 로마의 허락을 받아야 했다. 로마는 카르타고를 치기 위한 명분을 만들기 위해 옆 나라를 꼬드겨 카르타고의 선박과 영토를 약탈하게 하였다. 막대한 손실이 생기자 카르타고는 그들

바람의 파노라마_고대로마 시칠리아 이탈리아

과 맞서 싸웠다. 로마는 조약을 어겼다는 명목으로 스키피오 장군을 앞세워 제3차 퓨닉 전쟁을 일으켰다BC149.

스키피오는 카르타고의 동맹국을 먼저 공격하여 카르타고를 고립시켰다. 한니발은 도시를 빠져나와 시리아 쪽으로 도망가서 그들 왕의 고문이 되었다. 카르타고는 완강하게 저항했으나 그대로 무너졌다. 로마는 한니발을 끝까지 추적했다. 로마에 잡히는 신세가 되느니 그는 반지에 넣고 다니던 독을 꺼내 먹고 죽었다. 그의 나이 70세였다. 그의 묘비에는 "불굴의 의지 앞에서는 높은 산도 몸을 낮춘다"고 쓰어 있다.

카르타고는 17일 동안 불에 탔으며 로마는 그곳에 풀 한포기도 나지 못하도록 소금을 뿌렸다. 그리하여 카르타고의 700년 역사는 이슬로 사라졌다BC146. 불타는 카르타고를 보며 스키피오는 미래의 로마를 생각하며 눈물을 흘렸다.

스키피오가 아프리카를 정복했다고 하여 스키피오 아프카누스라는 별명이 붙여졌다. 그의 승리를 기점으로 여러 귀족이 공평하게 누리던 명예와 부가 특정한 가문에 쏠리기 시작했다. 스키피오의 명성이 높아지자 그는 원로들의 질투와 경쟁의 대상이 되었다. 이것은 공화정이 내리막길을 걷는 시작이기도 했다.

카토는 그가 뇌물을 받았다고 고소하였다. 법정에 선 스키피오는 그의 승리를 신에게 돌렸다. 민중이 열렬하게 스키피오의 편을 들자 고소가 취하되었다. 그는 관직을 떠나 외곽에 있는 저택에 머물며 로마를 다시는 방문하지 않았다. 아이러니하게도 그가 죽은 해는 한니발과 케토가 죽은 날과 같다고 한다.

연개소문이 죽자 고구려가 쇠퇴했듯이 한니발이 죽자 카르타고는 망하게 되었다. 단체 경기에서 특출나게 잘하는 한 사람보다 조금 못하더라도 여럿이 있는 것이 유리하다. 로마에는 그에 대치할 뛰어난 장군이 충분히 있었다.

포기란 없다
끈질기게 물고 늘어진 로마 군단

고대 로마 군단은 그리스 스파르타와 비교된다. 다른 점이 있다면 스파르타는 그들의 도시를 지키기 위한 것이었고 로마는 영토확장을 위한 것이었다.

기원전 5세기 아테네 장군 페리클레스는 강자가 약자를 종속시키는 것은 당연한 자연의 섭리라고 했다. 법의 나라 로마는 이유가 없으면 방어한다는 명분을 만들어서라도 전쟁을 정당화했다. 인류가 존재하는 한 전쟁은 필연이 아닌가 싶다. 전쟁이 없도록이 아니라 피해가 적게 그리고 빨리 끝나게 기원하는 것이 나을 것 같다.

무기는 각자 부담해야 했으므로 부유층에서는 갑옷으로 완전무장했지만, 돈이 없는 사람들은 무기가 될 만한 것들을 들고 전쟁터에 나갔다. 기사단은 말을 살 수 있는 능력이 있는 부유층이었고 너무 가난하면 군대에 가지 못했다.

기원전 2세기 마리우스는 군사개혁을 하여 징병에서 지원제로 하고 군대에 못 가는 빈민에게 의무가 아닌 직업으로 하게 하여 먹고 살게 했다. 군복을 통일하고 독수리를 그들의 상징으로 했다. 지휘관은 빼앗은 전리품이나 개인 돈으로 군사에게 돈을 지급하였다. 개인 군단의 형성은 내전을 초래했고 공화정이 막을 내리는 요인이 되었다.

로마 군단에 협상과 포기라는 말은 없었다. 무조건 항복하지 않으면 초토화해 버렸다. 사람들은 다 죽이거나 노예로 끌고 갔다. 패배하면 왜 졌는지 분석하여 보완한 후 승리할 때까지 끈질기게 다시 쳐들어갔다. 공격할 수 없으면 상대방을 포위하여 공급이 끊어질 때까지 기다렸다가 항복하게 하였다. 이는 귀한 물품을 파괴하지 않고 약탈해 가기 위한 전략이기도 했다.

군사의 나이는 17세에서 46세로 한 군단에 80명을 단위로 한 6센트리 4,800보병와 몇백 명의 기병이 있었다. 군단은 25kg를 지고 매일 다섯 시간 전속력으로 몇십 킬로미터를 이동하는 훈련을 했다. 도착하면 참호를 파고 막사를 지은 다음 아침에 일어나 모든 것을 불태워 흔적을 없앴다. 잘

못하면 잔인한 벌을 받거나 죽임을 당했으나 대신 잘하면 보상을 받았다. 본인이 실수하면 동료를 죽였고 작전에 실패하면 번호를 매겨 무작위로 죽였으며 잔인한 형벌을 주었다. 카이사르는 백인 대장의 이름을 모두 기억할 정도로 그들과 가까이 지냈다고 하며 군사들은 목숨을 다해 충성했다.

로마 시민은 물질적으로 풍요해지자 군대에 가기 싫어했고 가난한 사람은 가난해서 가지 못했다. 3세기 후 시민과 직업군인이 구별되었다. 부족한 군사 수를 채우기 위해 속주 국가에 로마 시민권을 주면서 까지 군사를 모집했다. 그들은 자기 나라가 아닌 로마를 방어하기 위해 죽도록 싸우지 않았다. 뛰지 않고 걸었으며 강제훈련에 도망가기 일수였다. 해이해진 군대는 외부의 침략을 막아낼 수 없었고 결국 서로마가 멸망하는 원인이 되었다.

3

왔노라 보았노라 정복했노라
내전은 불가피 했다

"로마 시민이 갈 곳이 없다는 게 말이 됩니까?"
그라쿠스 형제와 어머니 코르넬리아

기원전 2세기 전쟁에서 돌아온 군사들은 농토를 잃었다. 국가 차원에서 보상이 없자 가난한 사람은 더욱 가난하게 되었다. 이때 퓨닉 전쟁을 승리로 이끈 스키피오의 손자 그라쿠스 형제 티베리우스와 가이우스 그라쿠스가 빈민 구제와 퇴역 군인의 복지를 위해 토지 개혁을 시도하였다.

"들짐승도 집이 있는데 나라를 위해 싸운 로마 시민이 갈 곳이 없다는 게 말이 됩니까?"

티베리우스는 29세의 나이에 민중의 대변인 호민관으로 뽑혔다BC133. 그는 부자 개인이 소유할 수 있는 토지를 제한하고 국가가 소유한 농토를 가난한 사람에게 재분배하자는 법안을 제안했다. 그러나 원로원의 지지를 받지 못하자 직접 민회를 열어 통과시켰다. 이것은 귀족파 원로원에게 큰 위협이 되었다.

재임하기 위해 포럼에서 후보자 연설을 하던 날이었다. 반대파는 폭력배를 끌고 와 그와 그의 지지자 삼 백 명을 닥치는 대로 방망이로 때려죽여 테베레강에 던져 버렸다. 이것은 처음으로 로마 공화정에 피비린내 나는 정치 폭력의 시작이었다.

그 후, 9살 어린 동생 가이우스가 10년 후에 호민관으로 뽑혀 형이 못다한 개혁을 시행하였다. 군대에 나갈 수 있는 연령의 제한과 퇴역 후 연금을 주고자 했다. 개인의 상권 독점을 막고 정복한 나라에 로마 시민의 권리를 주자는 등 형보다 더 실질적인 법안을 제안하여 민중의 호응을 받았다.

그가 33세로 재임BC121이 확정되자 원로원은 독재 집정관을 뽑아 계엄령을 선포하여 합법적으로 어떤 폭력이라도 쓸 수 있게 하였다. 가이우스를 죽이는 자에게 그의 머리 무게만큼의 금을 주겠다고 공포하였다. 그는 도망을 치다 자결했으며 폭력배는 그의 뇌를 제거한 후 납으로 채워 무겁게 한 후 보상을 받았다. 그를 따르던 3천여 명은 모두 잡혀 죽임을 당해 바다에 던져 졌으며 그것을 슬퍼하는 사람도 그렇게 되었다.

민중을 위한 그라쿠스 형제의 뜻은 훗날 빛을 보게 되었다. 엘리트 귀족 가문의 자식들이 약자의 편에 서서 죽음을 무릅쓸 수 있는 있었던 용기는 어디서 나왔을까? 그 뒤에는 그의 어머니 코르넬리아가 있었다. 그녀는 원로원 아버지의 부하였던 사람과 결혼하여 자식을 12 두었는데 다 죽고 딸 하나 그리고 그 두 아들이 남았었다.

막내 가이우스가 태어났을 때 아버지가 죽었다. 남편을 잃은 후 그녀는 귀족 가문에 청혼을 마다하고 자식들의 교육을 위해 일생을 바쳤다. 그리스인 가정교사를 두어 정치와 토론을 가르치고 체력을 단련시키고 인맥을 쌓게 하였다. 두 아들은 용감한 장군이 되었고 외교도 잘하여 명성을 쌓아 젊은 나이에 정계에 진출하였다.

아들이 폭력배에 의해 잔인하게 죽임을 당한 어머니의 마음은 어떠했을까? 그녀는 로마를 떠나 자택에서 조용한 삶을 살다 죽었다. 로마는 그녀를 로마의 이상적인 여인으로 기념하기 위해 동상을 세웠다. 아이러니하게도 사회 개혁과 정의를 외치다 목숨을 잃은 아들의 어머니로서가 아니라 스키피오의 딸로서였다.

내전은 불가피했다
민중당 마리우스와 귀족당 술라

정치 폭력에 맛을 본 로마는 술렁였다. 그라쿠스 형제의 개혁이 실패한 후 처음으로 두 집정관 집정관 마리우스Marius, BC158-BC87와 술라Sulla, BC 138-BC79가 대립하면서 내전이 일어났다.

민중당 마리우스는 로마 근교 작은 도시 라티움Latium의 부유한 평민 집안에서 태어났다. 성장하여 카이사르의 고모와 결혼하였는데 이것은 정치적 야망에 물꼬를 터주었다. 일곱 번이나 집정관에 뽑혔던 것은 그가 소년이었을 때 둥지에서 일곱 개의 독수리 알을 발견하고 좋은 징조라고 여겼던 것이 실현된 것이라고 했다. 퓨닉 전쟁에서 이긴 스키피오의 부하로서 속국의 반란을 진압하면서 능력을 인정받았다.

귀족당 술라는 몰락한 귀족 가문 출신이었다. 어렸을 때 교육을 잘 받았고 그리스어를 유창하게 구사하였다. 한때 하층민들과 어울리며 방탕 생활을 한 적이 있었으나 집정관이 될 수 있었던 것은 타고난 자질과 사람을 끄는 카리스마가 있었기 때문이다. 그는 그리스를 침략한 폰투스의 왕을 제압하여BC86 명예를 얻었다.

술라가 원정을 나간 사이 마리우스는 원로원을 통하지 않고 호민관의 권력을 이용하였다. 법의 절차를 거치지 않고 그의 반대파를 대량 학살한 것은 술라에 대한 도전이었다. 잠시 피신해 있던 술라가 공화정을 회복한다는 명목으로 십만 병력을 이끌고 로마로 들어왔다BC81. 그것은 불법이었으므로 폭력을 쓰지 않겠다는 약속을 하였다. 그러나 그것은 속임수였다. 마리우스가 군사를 소집해 대항했지만 그를 막을 수 없었다. 술라는 독재관으로 임명되어 계엄을 선포하고 마리우스와 그의 지지자 몇천 명을 살생 명단에 올렸다. 그들을 끝까지 추격하여 죽인 후 머리를 광장에 꽂아 놓았고 토지와 재산을 몰수하였다. 마리우스는 아프리카로 도주했으나 추격당하자 자결하였고 궁지에 몰린 그의 아들 또한 같은 선택을 했다. 술라의 군사는 마리우스의 무덤까지 파헤쳐 시신을 훼손하였다.

술라는 공화정을 바로 세우는 듯했다. 집정관이 되어 호민관의 세력을 약화하고 부자에게 유리한 개혁을 실행하였다. 그러나 돌연 사임을 하고 나폴리에 있는 그의 작은 별장으로 가서 은둔 생활을 하며 자서전을 쓰다 일 년 후 병으로 세상을 떠났다. 시신은 반대파에 의해 훼손될 것을 우려해 화장했고 그의 묘비에 친구에게는 잘했으나 적에게는 잔인했다고 적혀 있다.

인간은 안정을 찾고 싶지만 안정되면 새로운 것을 찾아 긁어서라도 부스럼을 만드는 것 같다. 정치가 바뀌면 누군가에 득이 되지만 누군가에는 실이 된다. 달이 차고지고 날씨가 변하듯 한바탕 싸움이 벌어지고 잠잠해졌다가 다시금 있는 자와 없는 자의 싸움은 계속 된다.

서로 가려운 데를 긁어주다
첫 번째 삼두정치 크라수스, 폼피 그리고 카이사르

공화정 말기 기원전 1세기, 내전으로 어수선할 때였다. 수장들은 개인 군대를 소유하여 지중해 국가를 정복하는데 혁혁한 업적을 세웠다. 원로원은 전쟁에서 돌아온 군사들에게 땅을 주고 보상해 준다고 했으나 약속을 이행하지 않았다. 그러자 최고의 사령관 폼페이우스, 폼피Pompey, BC106-BC46와 부자인 크라수스Crassus, BC115-BC53 그리고 지략가였던 카이사르Caesar, BC100-BC44가 비공식 협정을 맺고 서로 집정관이 되도록 밀어주며 가려운 데를 긁어 주기로 했다.

실세는 막강한 군사력과 정치에 야망을 품은 폼피와 카이사르 두 사람이었고 크라수스는 부자일 뿐이었다. 폼피는 카이사르의 딸 줄리아와 결혼하여 친척 관계를 맺고 카이사르가 집정관BC59이 되도록 밀어주었다.

폼피는 술라를 도와 마리우스파를 끝까지 추격하여 죽였으므로 도살자라는 별명까지 붙었다. 시칠리아가 반란을 일으키자 "칼을 쥐고 있는 것은 우리다."라고 하며 무력으로 그들을 진압했고 스페인과 스파르타쿠스 반란을 마무리했다. 나이가 어렸으나 술라의 군단을 물려받은 그는 세계를 정복하는데 한몫하여 아무도 그를 넘보지 못했다.

그는 집정관이 되어 원로원의 힘을 약하게 하고 호민관에게 힘을 실어

주었다. 그들을 통해 원로원을 거치지 않고 해적을 진압할 수 있는 모든 권한을 갖게 되었다. 그리하여 지중해에 해적을 퇴출하였다. 잡은 해적을 죽이기보다 경작할 농토를 주어 사회의 생산적인 일원으로 전환 시켰다.

현재 터키 남동쪽인 동쪽 지중해 지역에 40여 개의 도시를 정복하여 취한 그의 재산은 어마어마하여 로마 공화정의 재정과 맞먹었다. 그는 군사들에게 10년 치의 봉급을 주었고 이로 인해 로마에 수입이 껑충 뛰었다 BC62 . 알렉산더 대왕처럼 그가 정복하는 주요 도시의 명칭을 그의 이름으로 바꾸었다. 전쟁을 마친 후 로마 안에 군단이 들어올 수 없다는 법에 따라 그들을 해산하였다. 이것은 그를 이빨 빠진 호랑이로 만들었다. 실수였는지 아니면 영웅적 행동이었는지는 역사가가 판단할 것이다.

크라수스는 노예 매매, 사채, 부동산, 광산 등에 투자하여 로마 최고의 부자가 되었다. 그는 정의롭지 않게 돈을 벌었다. 술라에 의해 희생된 사람들의 부동산을 저렴하게 사들이거나 집에 불을 지른 후 꺼주면서 파손된 건물과 토지를 싼값에 매입하였다가 고친 후 비싸게 팔았다. 그때는 집이 나무로 지어졌고 소방서도 없었으므로 그것이 가능했다. 스파르타쿠스가 이끈 반란을 진압하여 공을 세웠으나 폼피와 카이사르와 경쟁하기 위해서 더 큰 업적이 필요했다. 전쟁에 경험이 없는 그는 아들과 함께 현재 시리아, 이란과 이라크 지역을 공격했다가 완패했다. 만여 명이나 되는 그의 모든 군사가 파티안Parthians 사막에서 죽거나 잡혔다BC53. 그와 그의 아들은 머리와 손이 잘려 광장에 걸렸다. 이것은 로마의 가장 수치스러운 전쟁이었다.

고향으로 돌아가게 해주오
자유의 투사, 스파르타쿠스의 반란

노예들은 채찍질을 당하고 밤에는 발이 묶이는 등 가혹한 취급을 받았다. 노예의 반란은 세 번이나 있었는데 두 번은 기원전 2세기경 시칠리아 대농장 노예들에 의해서 그리고 세 번째는 내륙에서 스파르타쿠스 Spartacus의 반란이 있었다BC73-BC71. 그의 이름은 그리스의 군사도시 스파르타와 비슷하지만 그는 그리스 북쪽 유럽 중앙과 남동부에 있는 인도-유럽족인 트리키아Thrace사람이었다.

스파르타쿠스는 로마군대를 탈영하여 산적이 되었다가 잡힌 후 노예로 팔려 검투사 양성소로 보내졌다. 당시 검투사 경기는 하나의 기업으로 발전하여 싸우는 기술을 가르치기 위해 양성소까지 생겼다. 기원전 73년 카푸아 양성소에는 200명 정도가 있었다. 그곳은 한번 들어가면 나오지 못하였는데 그는 로마군대에 있었으므로 조직에 대해 잘 알고 있었다.

그가 탈출한 이유는 노예제도를 없애려는 것보다 그를 따르는 사람들을 고향으로 돌려보내고자 하는데 있었다. 처음에 몇십명으로 시작하여 70여 명이 가담하였다. 주방을 점령하여 무기로 쓸 것을 고른 후 감시원을 죽이고 방패와 글라디우스 검을 손에 넣었다. 그리고 나폴리에서 6km 떨어져 있고 79년 폼페이를 화산재로 덮었던 베수비오산으로 가서 진지를 쳤다. 그 주위에는 대농장이 있었고 그곳 노예들은 죽음보다 못한 삶을 살고 있었다. 그는 노예를 선동하여 그를 따르게 했다. 그렇게 시작한 것이 5만 명이 되었다. 시골 농부 그리고 목동들 또한 가난하게 사느니 싸우다 죽겠다고 그와 합류하여 나중에는 7만 명이 되었다.

로마는 단순한 반란이라고 여기고 군사를 보내 그들을 포위하고 항복하기를 바랐으나 실패로 끝났다. 두 번째 또 당했다. 반란군은 로마의 군 장비를 노획하여 점점 무장되었다. 군사들이 훈련을 받지 않았어도 숫자는 도움이 되었다. 남부 이탈리아 대부분을 장악했고 점점 커져 9만 명이 되었다. 스파르타쿠스는 북쪽 이탈리아 국경을 넘은 뒤 부하들을 고향으로 보낼 계획이었으나 그들이 거부하자 다시 남쪽으로 내려왔다.

반란군의 위협이 계속되자 업적이 필요했던 크라수스는 8개의 군단을 이끌고 그들을 치러 내려왔다. 결국, 스파르타쿠스는 패배하여 산으로 도망갔고 로마 군사가 끝까지 쫓아갔다. 코너에 몰리자 그는 남은 군사를 데리고 시칠리아에 가서 다시 군사를 모을 작정이었으나 실패로 끝났다. 다 죽고 살아남은 6천 명은 십자가형에 처해 카푸아와 로마 사이의 수십 km 되는 거리에 가로수처럼 세워졌다. 살아 도망치던 5천 명의 반란군은 스페인에서 돌아온 폼피가 끝까지 추적해 몰살했다. 그 후 반란은 다시 일어나지 않았다. 아니, 일어날 수가 없었다.

스파르타쿠스의 반란은 18세기 이후 혁명가들에게 자극을 주었다. 후에 칼 막스의 우상이 되었고 공산주의나 사회주의 혁명에 영감을 주었다.

그는 알프스를 넘은 한니발만큼이나 용감한 지휘관으로서 카리스마가 있었다. 로마가 당하지 않기 위해 공격했던 것과 같은 원리로 앉아서 당하지 않고 행동으로 옮겼다. 노예들과 억압받는 이들에게 자유와 희망을 맛보게 해 주었기에 그들의 영웅이 아닐 수 없다.

잘 죽고 죽이는 싸움의 기술
글라디에이터와 베스티아리

　그리스 야외극장에서는 인간의 희로애락을 논하는 연극이 있었고 로마 원형경기장에서는 사생 결판을 내야 하는 검투사 경기가 있었다. 황제나 정치가는 전쟁포로와 잡아 온 희귀 야생동물을 통해 흥행거리를 만들어 주어 민중의 인기와 지지를 얻고자 했다.

　검투사 경기는 기원전 3세기에 장례식에서 죽은 이를 추모하거나 농경 신을 숭배하는 축제의 한 부분으로 피를 보고도 무서워하지 않고 잘 싸우

고 잘 죽는 것이 용기와 덕이라는 군인정신을 보여주기 위한 것이었다. 동물과 싸우는 사람을 베스티아리Bestiarii 라고 사람끼리 싸우는 투사들은 글라디우스Glidus 또는 글라이에디터라고 한다. 글라디우스는 에스파냐스 페인 어느 부족이 사용했던 길이 60cm 되는 양쪽으로 날이 있는 단검으로 스키피오가 로마의 무기로 사용하기 시작했다.

전쟁포로로 구성된 검투사는 그들 국가의 전통 무기로 싸우게 했다. 중무장한 갈리아나 삼나이트 검투사와 가벼운 무기로 재빠르게 움직이는 트라키안 검투사가 대결했다. 장비, 패션, 싸우는 방법에 따라 검투사의 명칭이 달랐다. 제정 후기에는 죄인 그리고 돈이나 명예를 위해 자진해서 검투사가 되었고 여자도 있었다. 그들은 로마 사회에 상징적이었지만 가장 무시되는 그룹이었다.

공화정 말기 주체자는 대대적으로 경기를 벌여 자신의 부와 권력을 과시하였다. 거창한 행렬을 한 후 오전에는 야생동물 사냥을 하였다. 중간시간에는 중죄인을 때로는 크리스천을 처형하거나 묶어 세워 놓고 굶주린 동물을 풀어주어 뜯어 먹게도 했다. 오후에는 검투사 경기가 있었다.

시칠리아 로만빌라의 모자이크(야생동물을 잡는 풍경)

행사는 점점 자극적으로 되어 무대에 숲, 동굴, 언덕 등 자연경관을 만들어 동물을 풀어놓기도 했다. 동물과 맨손으로 싸우는 등 의도적으로 아슬아슬하고 위험한 상황도 연출하였다.

검투사 경기는 점점 더 확장되었다. 카이사르는 20년 전에 죽은 그의 아버지의 장례식을 핑계로 600여 명의 검투사가 그리고 그가 집정관이 된 후에는 1,200명의 검투사가 싸우게 했다. 또한, 마르스 광장에 인공연못을 만들어 4,000명의 죄인과 포로에게 노를 젓게 하여 죽을 때까지 싸우게 하는 모의 해전도 했다. 첫 번째 황제 어거스투스는 그의 임기 동안 여덟번을 주최해 1만 명이 검투사 경기를 하였고 3,500마리의 맹수가 죽었다. 트라야누스 황제는 123일 동안 사냥을 했는데 만 명의 검투사가 만 천여 마리의 맹수를 죽였다. 이때 야생동물들을 다 잡아들여 아시아, 나일강 주변 그리고 사하라 북쪽에 동물이 남아나지 않았다.

정치가이자 철학가인 키케로는 검투사 경기는 사람을 고통과 죽음으로부터 무감각하게 만든다고 했고 네로의 스승 세네카는 비인간적이라고 비난했다. 그러나 로마 시민이 열광하고 게임을 하지 않으면 황제의 인기가 떨어졌으므로 계속 되었다. 380년 기독교가 국교가 되면서 규모가 줄기는 했으나 곳곳에서 계속되었다. 동방에서 온 텔레마코스 수도승이 404년에 아레나에 뛰어들어 경기를 그만두라고 호소하다가 관중의 돌에 맞아 죽은 사건이 있고 난 뒤 점차 줄어들다가 681년에 공식으로 금지되었다.

그러나 잔인한 경기는 상황에 따라 다른 형태로 변하여 합법으로 그리고 불법으로 끊임없이 행해지고 있다. 닭장 같은 공간에 두 사람이 피 터지게 싸우는 이종격투기를 보며 사람들이 광분한다. 인간의 파괴본능은 그때나 지금이나 내면에 잠재하고 있음이다.

불을 나눈다고 하여 덜 빛나는 것은 아니다
철학자이자 사상가였던 달변가 키케로

키케로Cicero, BC106-BC43는 당대 최고의 사상가이자 달변가였다. 그리스어를 라틴어로 번역하여 라틴 철학을 만들어낸 언어학자이기도 하다. 미국 제2대 대통령 존 아담스는 키케로를 세계에서 가장 훌륭한 철학자이자 정치가라고 했다.

그는 비교적 낮은 기사계급 출신으로 지방에서 태어나 그리스, 소아시아, 로도스에 가서 플라톤과 아리스토텔레스의 정치철학을 공부하였다. 3년 동안 장군으로 복무하고 26세에 정계에 발을 들여 놓으면서 43세에 최고로 높은 집정관이 되었다BC63.

카이사르보다 한 살이 많았으며 원로원과 호민관이 팽팽하게 맞서는 혼란한 시기에 화합하는 역할을 했다. 카이사르가 살해BC44 된 후, 그의 직속 부하 안토니오를 탄핵한 것 때문에 로마의 적으로 낙인찍혀 살생부 명단에 올랐다. 사람들은 그를 보았어도 고발하지 않았으나 결국 붙잡혀 죽임을 당했다. 안토니오는 키케로의 머리와 손을 잘라 그가 탄핵을 받았던 포름 연단에 걸어 놓았다. 옥타비안이 황제가 되었을 때 그의 명예를 회복시켜 주었다.

그의 저서로 〈연설에 관하여〉, 〈국가론〉을 비롯해 12권의 책과 여러 편의 편지에는 상류층 공화정 시대가 잘 표현되었고 오늘날까지 읽혀지고 있다.

당시에는 정치가가 관중 앞에서 연설이나 변호를 해야 했으므로 말을 잘 해야했다. 그는 웅변학에 대한 책도 저술했으며 실제로 그것을 최대로 이용하였다. 논리적인 증거보다는 관중의 감정을 불러일으키는 것이 더 중요하므로 시각적, 청각 즉, 언어 선택, 억양, 손과 몸짓 등 모든 가능한 수단을 동원해야 한다고 했다.

그는 통치자는 지혜로와야 하고 실행자는 용기가 있어야 하고 민중은 절제하는 것이 정의라고 했고 이성적 판단을 하는 것은 용기이고 각자의 위치를 지키며 서로 잘 어울리는 것이 절제라고 했다. 각자 열심히 일해서 돈을 벌고 공동의 이익을 위하여 기술과 노동 재능을 나누어야 한다. 자신의 불을 나누어 준다고 해서 덜 빛나는 것이 아니듯 방향 잃은 사람에게 친절을 베푸는 것은 인간의 의무라고 했다.

철학은 영혼을 치료해 주며 걱정을 없애주고 욕망에서 해방시켜주고 두려움을 없애 준다. 우주라는 하나의 공동체 안에 인간은 신과 함께 이성을 공유하였으며 모든 인간은 도덕적으로 평등하다고 했다. 이러한 사고는 어거스틴 성인에게 깊게 영향을 주었다. 상식에 근거하여 혁명할 필요가 있다고 한 사상은 르네상스, 존 로크, 종교 개혁을 한 마르틴 루터 그리고 프랑스 혁명과 미국의 독립선언문 초안과 공화국 실현에도 영향을 주었다.

능력과 부가 어우러진 완벽한 매치
키케로의 첫 번째 아내 테렌티아

키케로가 당대 최고의 지식인이자 철학가 사상가가 되기까지에는 그의 첫 번째 부인 테렌티아Terentia, BC98-AD6가 있었다. 그는 27세에 그녀는 18세에 결혼했다. 그들의 관계를 통해 당시 고위층 결혼관과 삶의 단면을 볼 수 있다.

키케로는 능력이 있었고 정계에 나가고자 하는 열망과 야망이 컸다. 그러기 위해서는 돈이 필요했다. 테렌티아는 부유하고 가장 영향력 있는 원로원 가문의 딸이었다. 성격이 강했으나 신심이 깊었고 정치에도 남다른 관심이 있었다. 그녀의 집안은 떠오르는 별과 같았던 신출내기 키케로에게 모든 것을 걸었다.

그녀는 농장, 아파트, 땅 등 막대한 유산을 물려받았다. 능력 있는 남자와 돈 많은 여자의 매치는 완벽했다. 그녀의 지참금으로 키케로가 의원에 출마할 수 있었다. 결혼 후 2년 만에 딸 툴리아가 태어났고 십 년 후 아들 마르쿠스가 태어났다.

남편의 추방은 이혼 사유가 되었으나 그녀는 계속 아내로 남아 있으며 그가 다시 돌아오도록 온갖 노력을 했다. 딸 툴리아와 같이 엉클어진 머리와 검은 상복을 입고 영향력 있는 원로원과 지인을 찾아가 그녀의 남편이 추방당한 것이 부당하다고 항의하며 도움을 청했다. 폭도들이 팔란 타인 언덕에 있는 저택에 불을 질러 그녀는 베스탈 여사제가 있는 신전에 머물러야 했다. 이것이 발각되어 신전에서 강제로 질질 끌려 나와 폭행까지 당했으나 남편이 걱정할까 봐 자세한 것을 말하지 않았다. 그녀의 노력은 열매를 맺어 키케로는 일 년 반 만에 로마로 돌아와 다시 정계에 진출하였다.

카이사르와 폼피의 전쟁을 시작되면서 키케로가 로마를 떠나 있는 동안 딸 툴리아가 세 번째 결혼해야 했다. 사돈 관계를 잘 맺는 것은 정치 세계에서는 아주 중요한 일이었다. 자식의 배우자는 집안에 가장이 선택해야 했으나 그는 아내에게 일임한다고 동의서를 써 주었다. 문제는 그 사위가 딸을 사랑하지 않은 데다 키케로의 반대파인 카이사르의 군사로 들어간 것이다.

유일하게 애착을 가졌던 딸 툴리아가 아들을 낳고 회복하다가 갑자기 죽자 충격에 빠졌다. 친구의 저택에 머물며 온갖 철학 그리고 슬픔을 극복하는 방법이 적힌 저서를 읽었으나 어느 것도 위로가 되지 않았다.

키케로는 사위를 잘못 골랐다고 아내를 원망하고 아내는 남편의 정치적 편견에 불만을 토로하는 편지가 오가기 시작했다. 자식들에게 유산을 남기는 것에 대해 팽팽하게 맞서며 편지가 뜸해지고 서로의 관계가 냉랭해졌다. 키케로는 그녀의 불륜을 의심하기 시작했고 그녀가 52세 되던 해 30여 년의 결혼 생활에 종지부를 찍었다. 이혼하면 여자가 가지고 온 지참금을 돌려주어야 했다. 그러기 위해서 키케로가 젊은 여자와 재혼했지만 오래가지 못했다. 테렌티아는 두 번을 더 결혼했는데 첫 번째는 역사가였고 세 번째는 작가였다. 그녀는 103세까지 장수하였다.

내 몸값이 그것 밖에 안 되느냐?
카이사르의 카리스마, 그 끝은 어디인가

정복자 알렉산더 대왕의 일대기는 로마 장군들의 로망이었다. 그 중에 대표적인 사람으로 카이사르가 있다. 그는 그리스에 가서 키케로를 가르쳤던 교사로부터 웅변술을 배우며 알렉산더 대왕처럼 최고가 되고자 하는 열망을 키웠다. 한때 집정관을 지냈던 아버지를 따라 전투에 참여하여 전술을 익혔고 지략가로서 두각을 나타냈다.

그의 고모가 술라의 적인 마리우스와 결혼하였고 그 또한 마리우스를 지지하는 귀족의 딸과 결혼한 것이 꼬투리가 되어 살생부에 명단에 올랐다. 재산을 몰수당하고 쫓기는 신세가 되었으나 아내의 지참금과 영향력 있는 여사제의 노력으로 사면을 받았다.

술라가 죽자 로마로 돌아오는 동안 바다에서 해적에게 납치당했다. 그들이 몸값으로 금 20달란트1달란트 약 32kg를 받으려고 하자 그는 "내 몸값이 그것 밖에 안 되느냐?" 하며 두 배 이상으로 올리라고 했다. 그는 해적과도 어울려 거기에서도 대장처럼 행동했다. 풀려난 후 그들을 추격해 그가 농담으로 말한 대로 십자가형에 처했다.

그는 폼피와 달리 관료직을 바닥부터 올라갔으며 직책을 최대로 이용하였다. 능수능란한 설득력과 장대한 동작과 쩌렁쩌렁한 목소리는 민중의 마음을 사로잡았다. 조영관으로 있을 때 거리와 하수구를 담당하는 일을 했고 축제 때에 야생동물 쇼를 거창하게 열어 인기를 얻었다. 이로 인해 돈이 다 떨어져 크라수스에게 돈을 빌리기도 했다. 그의 고모의 장례식에서 민중에게 그가 신의 후손이라고 열변을 토해 그의 입지를 다졌다.

법무관으로 선출된 후 법정에서 기소된 사건을 잘 처리하여 명성을 얻었다. 호민관으로 선출되어 민중을 위해 역할을 다하고 부정부패를 한 공직 관리를 처단하므로서 그의 능력이 인정되고 명성을 떨쳤다.

집정관이 되었을 때 함께 뽑힌 집정관을 위협하거나 모욕을 주어 그만두게 한 후 혼자 권력을 행사했다. 이 일로 고소당했으나 현직에 있을 때는 재판에 넘겨질 수 없었으므로 폼피와 크라수스의 도움으로 이탈리아 북쪽 현 프랑스 남쪽 지역 갈리아에 총독으로 가게 되었다.

원로원은 4군단을 허락했는데 사비를 써서 과묵하고 고통을 잘 견디는 사람으로 군사를 모아 십 군단으로 늘렸다. 그는 백인 대장의 이름을 모두 기억하고 정확하게 불렀으며 어려움을 함께 나누며 보상을 단단히 해 주었다. 그리하여 고된 훈련과 엄격한 군법으로 다스려도 군사들이 충성하였다. 전투 시 군사의 말을 돌려보내 도망칠 수 없게 하였고 그들의 칼을 은과 금으로 장식하여 무기를 버릴 수도 없게 하였다.

카이사르는 갈리아에 있으면서 그들과 싸우던 전략과 업적이 담긴 〈갈리아 전쟁〉을 저술해 그의 존재를 로마 시민에게 확실하게 인지시키고 신뢰를 얻었다. 처음으로 독일 라인강에 다리를 놓아 독일 땅을 밟고 돌아왔고 영국 해협을 건너 부족들과 협정을 맺기도 했다.

왔노라 보았노라 정복했노라
주사위는 던져졌다

카이사르가 갈리아의 총독으로 임기가 끝 날 즈음 그의 명성이 높아지자 폼피와 원로 원이 위협을 느꼈다. 이때 카이사르의 딸이 자 폼피의 아내 줄리아가 출산하다가 죽었 다. 카이사르는 다시 그의 손녀딸과 결혼을 제안하였으나 폼피는 카이사르의 반대파 딸 과 결혼함으로써 그들의 동맹이 깨졌다.

원로원은 카이사르에게 군단을 해산하고 로마로 돌아오라고 했다. 카이사르가 이에 따르지 않자 폼피는 그를 법을 어긴 로마의 적이라고 고발하였다. 죽느냐 사느냐의 갈 림길에 선 카이사르는 "주사위는 던져졌다."라고 하며 로마의 북쪽 경계 선인 루비콘Rubicon 강을 건넜다BC49. 이 말은 다시 되돌이킬 수 없다는 뜻 이 되었다. 또한, 폼피와의 전쟁 선포이기도 했다. 카이사르가 승리하면 서 폼피는 이집트로 도망갔다. 그러나 그의 부하에 의해 살해되어 폼피 머리와 반지가 카이사르에게 바쳐졌다. 카이사르는 그것을 보고 눈물을 흘렸다.

바람의 파노라마 _ 고대로마 시칠리아 이탈리아

로마 포름

포름(Roman Forum)은 로마 공화정과 제정 시대의 광장이다. 정치와 경제의 중심지로 개선식, 공공연설, 선거 등 모든 주요 행사가 열렸다. 팔란타인과 캐피톨라인 언덕 사이에 있는 늪지대가 메워져 만들어졌다. 서로마 제국이 쇠퇴하면서 신전이나 건물은 훼손되거나 동로마 황제가 교황궁과 성당을 짓기 위해 가져갔다. 테베레강의 범람으로 침식되면서 8세기 폐허가 되었다. 지면이 계속 높아져 발굴 당시 몇 미터를 파야 했다. 북서쪽에 세베루스(203년) 개선문이 있고 콘스탄티누스(312년) 개선문이 있다.

카이사르는 이집트를 평정시키고 클레오파트라를 여왕으로 앉혔다BC47. 이 사건은 1963년 영화 〈클레오파트라〉에서 잘 묘사되었다. 이때 알렉산드리아 도서관이 불에 타 엄청난 고대 역사의 기록이 소실되었다.

원로원은 카이사르의 승리를 인정하고 로마 입성을 대대적으로 환영하였다BC45. 카르사이는 "왔노라 보았노라 정복했노라."라고 하며 자신의 업적을 드높였다. 그는 종신 독재관으로 임명되어 성대한 취임식을 거행했다BC44. 그의 오른팔이었던 안토니우스가 왕관을 주자 주저하지 않았다. 이것은 왕정을 싫어하는 로마 원로원을 경악하게 했다. 한술 더 떠 원로원을 대할 때 의자에 앉아 내려다보며 마치 낮은 사람 대하는 듯했다. 모든 사람이 그에게 충성 맹세를 해야 한다는 법령까지 만들었다. 능력이 없거나 부패한 관직자와 원로원은 가차 없이 제거했다. 반면 능력이 있으면 반대파에게도 기회를 주었다. 이탈리아 사람이 아닌 사람에게도 특히 그가 통치하던 북쪽 갈리아 사람에게도 원로원직을 주었다. 내전으로 인한 빚이나 세금을 탕감해 주었고 땅이 없는 8만 퇴직 군사에게 로마가 정복한 40개의 곳에 땅을 분배해 주고 정착하게 하였다. 달력을 만들어 7월(줄라이)을 그의 이름으로 하였다.

일인 독재를 반대하고 공화정을 회복하고자 60여 명의 원로원은 부르투스를 앞세워 암살 음모를 꾸몄다. 원로원 회의를 하러 가던 도중 그들의 칼에 찔려 카이사르는 55세로 생이 끝났다BC44. 부르투스는 오백 년 전 왕을 몰아내고 공화정을 시작한 가문이었고 카이사르의 신임을 얻어 그의 후계자 목록에도 있었다. 카이사르의 죽음에 대해 극적인 이야기가 많이 있다. 여성 편력 심했던 그가 부르투스의 어머니와 관계를 맺은 적이 있었다고 하여 부르투스가 그의 아들이란 의혹도 샀다. 카이사르가 쓰러지면 "녀석, 너마저?"라고 하자 부르투스는 토가 자락을 끌어 올려 얼굴을 가렸다.

바람은 어디로 불 것인가?
두 번째 삼두정치

카이사르를 살해한 부르투스파는 광장으로 빠져나가 "우리는 독재에서 벗어나 다시 자유를 찾았다."고 하며 민중에게 외쳤다. 카이사르파 또한 광장으로 달려가 사실을 알렸다. 카이사르의 오른팔이었던 안토니오, 부하 레피두스 그리고 양아들 옥타비안이 합세하였다BC43.

원로원은 잘못 줄을 섰다가 목이 날아갈 판이라 중간에서 눈치만 보고 있었다. 피비린내를 막기 위해 살인자를 면책해 주는 대신 카이사르의 장례식을 장대하게 치르는 것으로 협상을 보았다. 이때 안토니오는 민중 앞에서 카이사르의 피 묻은 옷을 보여주며 그의 유서를 읽어 내려갔다. 유언장에는 시민들에게 노동자 평균 석 달 치의 급료를 주라고 하고 테베레 강변에 있는 그의 정원을 시민에게 바친다고 했다. 민중은 감동하여 카이사르의 죽음을 슬퍼했고 살인자에게 분노하였다.

카이사르의 군단을 이어받은 안토니오가 권력을 잡는가 싶었지만, 카이사르의 유서에는 입양한 조카 18살 옥타비안Octavianus, BC63-AD14이 첫 번째 후계자로 부르투스가 두번째로 되어 있었다. 키케로와 원로원은 안토니오와 옥타바인이 힘을 합치는 것을 두려워했다. 그래서 덜 위협적인 옥타비안 편을 들었다. 키케로는 관중 앞에서 안토니오를 겁쟁이, 주정

꾼, 능력이 없는 위험한 망상가라고 비난했다.

안토니오는 카이사르를 신으로 승격하고 살해에 관여한 백여 명이 넘는 원로원을 처형했다. 거기에는 키케로도 포함되었다. 그들의 재산을 몰수하여 군단을 유지할 자금 확보와 군사들의 임금을 올려 주는데 썼다. 위기에 처하자 부르투스의 군단이 로마를 빠져나갔다. 안토니오는 필리피 마케돈까지 추격하여 치열하게 싸웠다. 패한 부르투스가 자결함으로써 공화정이 막을 내렸다. 레피두스가 자진 물러나자 폼피와 카이사르처럼 이번에는 안토니오와 옥타비안이 남았다. 이집트를 포함한 동쪽은 안토니오가 서쪽은 옥타비안이 맡기로 협상을 보았다.

이집트는 지중해 연안에서 가장 부자였고 해군 병력이 컸으므로 안토니오에게 유리했다. 그러나 그가 클레오파트라와 사랑에 빠지면서 전세가 바뀌었다. 그의 아내이자 옥타비안의 여동생에게 이혼장을 써서 로마로 돌려보낸 것은 옥타비안에게 보내는 전쟁 선포와 같았다. 그녀는 로마인에게 존경을 받고 있었으므로 민중은 동요했다.

옥타비안은 불법으로 안토니오의 유서를 습득한 후 민중에게 공개해 버렸다. 거기에는 안토니오가 클레오파트라와 그의 자식과 함께 이집트에 묻히고 싶다고 적혀 있었다. 옥타비안은 기회를 놓칠세라 그녀가 안토니오를 앞세워 로마를 정복하고 수도를 알렉산드리아로 옮길 거라는 소문을 퍼뜨렸고 그녀를 로마의 적이라고 선포하였다.

안토니오와 옥타비안은 악티움에서 운명의 한판이 붙었고BC31 옥타비안이 승리했다. 클레오파트라가 죽자 이집트는 옥타비안의 것이 되었다. 거기서 나오는 막대한 재물은 그가 제국의 첫 황제가 될 수 있는 발판이 되었고 로마에 부를 가져다 주었다.

민중의 자유와 재산이 보호된다면
반복되는 정치체제와 공화정의 몰락

기원전 3세기 말 로마는 이탈리아를 장악하고 해외로 손을 뻗치기 시작했다. 기원전 133년에는 알렉산더 대왕이 정복했던 영토가 로마의 것이 되었다. 노획한 물자와 노예로 로마는 막대한 부를 축적했다. 얻는 것이 있으면 잃는 것이 있다. 자식이 많으면 바람 잘 날 없다고 내부에서는 불어오는 새로운 바람에 미처 대응하지 못하고 휘청거렸다. 아홉 개 가진 자가 마지막 하나를 빼앗고자 하는 과욕과 지나친 경쟁으로 내전이 불가피해졌다.

전쟁에서 빼앗은 공유지를 저렴하게 빌리거나 가난한 이들의 토지를 싼값으로 사들여 부자는 더욱 부자가 되었다. 농민은 힘들게 농사를 지어 보았자 대농장에서 생산되어 저렴하게 판매되는 것에 따라갈 수 없었다. 몰락 농민, 해방 노예 또는 정계에 나가려는 사람은 부자들의 날개 안으로 들어갔다. 부자는 공짜로 먹여 주고 유흥거리를 제공해 주는 대신 무조건 충성을 요구했다. 그들은 주인이 시키는대로 잔인한 짓을 서슴없이 저질렀다. 마피아 조직의 대부와 같은 개념이다.

또한 세금을 국가가 직접 걷는 것이 아니라 사적 고리대금업자에게 경매를 부쳤는데, 그들은 일정액만 국가에 납부하면 되었으므로 가혹하게 세금을 징수했다.

로마 공화정의 위대함과 역사를 쓴 그리스 역사가 폴리비우스Polibius, BC200-BC118는 제3차 퓨닉 전쟁에서 카르타고를 이긴 스키피오 아프카누스의 고문이었다. 그는 권력 분립에 관해 쓴 책을 통해 정치 체재는 왕정에서 귀족정치 그리고 민주정치 사이를 반복한다고 했다.

로마는 그리스 철학, 문학, 예술을 선망하여 귀족층의 자제는 그리스로 가서 공부했다. 그리스어를 선호했고 로마의 라틴어가 퍼져 민중의 언어가 된 것은 후에 일이다. 바다 건너 배를 타고 그리스 아테네에 공부하러 가느니 차라리 그들을 데려와 배우는 것이 훨씬 실용적이었다. 기원전 167에 로마는 천여 명의 그리스 인재를 인질로 잡아 와 이용하였는데 폴리비우스 또한 그중에 한 사람이었다.

키케로는 국가가 민중의 자유와 사유재산을 보호해 준다면 어떤 정치체제도 괜찮다고 했으며 문제는 체재가 타락하는 것에 있다고 했다. 왕정은 현명한자가 대를 계승한다는 보장이 없으므로 비합법적인 방법으로 정권을 장악하는 참주정이 되고, 귀족정은 덕과 능력을 갖추지 않고 부와 영향력을 가진 소수가 독재하는 과두정이 되고, 민주정은 시민이 참여하고 자유를 누릴 수 있으나 개인이 지닌 탁월함이 인정받지 못하고 다수의 어리석은 민중에 의해 휘둘리는 중우정이 되어 결국 붕괴된다고 했다.

처음에는 국가를 위해 일한다는 순수한 마음일지 모르나 계속되면 고인 물이 썩듯 인간의 욕심과 욕망으로 문제는 내부에서 일어난다. 사백년 후, 로마의 탄탄했던 공화정이 혼란해지자 군사를 동원한 카이사르가 나타나 혼란을 통제하고 일인 통치를 하였다. 프랑스의 나폴레옹이 그랬고 우리나라에 박정희 대통령이 그러하지 않았을까. 세월 따라 커지며 빼앗으려고 빼앗기지 않으려고 서로 싸운다. 물갈이하는 동안 고래 싸움에 새우 등 터지는 피비린내 나는 격동기를 겪어야 한다.

로마 시내

로마로 들어오는 포폴라 광장과 문

4

로마의 황제들
천국과 지옥의 문 사이를 넘나들다

어거스투스 황제

적을 만들지 않은 옥타비안
첫 번째 황제 어거스투스가 되다

옥타비안Octavianus, BC63-AD14은 황제로 추앙되어BC27 존엄한 자를 의미하는 어거스투스Augustus라는 칭호를 받았는데, 8월의 영어명인 어거스트 August는 여기에서 유래되었다. 그 후 200여 년 동안 로마가 평화와 번영을 누렸다고 하여 이 기간을 팍스 로마나Pax Romane라고 한다.

어거스투스가 정복한 이집트는 그의 끝없는 자금과 물자의 출처가 되었다. 뿐만 아니라 신체적으로 약하고 나이도 어리고 전쟁에 경험이 없었던 옥타비안이 최고가 될 수 있었던 것에는 그의 탁월한 정치적 마스터마인드와 그의 오른팔이었던 아그리파 장군이 있었기 때문이다. 아그리파는 작고 빨리 움직일 수 있는 배를 만들어 안토니오를 악티움 해전에서 물리치고 승리의 영광을 옥타비안에 돌렸다. 그는 옥타비안의 외동딸과 결혼하여 두 아들을 두고 그들은 후에 황제가 되었다.

의도적이었는지 아니면 본성이었는지 옥타비안은 카이사르와 달리 원로원을 위협하지 않았다. 화려한 궁전이 아니라 검소한 빌라에서 평범한 옷을 입고 식사를 했다. 원로원에게 예의를 지켰고 그의 독재권을 내려놓음으로써 안심시켰다. 첫 번째 시민이란 뜻의 프린세프princeps라는 명칭은 왕자 프린스란 단어의 기원이 되었다.

원로원은 그에게 로마 전체의 군단을 맡는 총사령관 임페레이터Imperator 로 임명하였다. 프랑스 갈리아와 시리아에 총독이 되었으나 로마에 머물며 그가 신뢰하는 수장들을 곳곳 배치해 놓았다. 그들은 국가보다 사령관에게 충성했으므로 그들의 업적은 어거스투스에게 돌아갔다.

국가의 아버지Pater Patriae라고 불리며 황제의 자리를 굳히는 듯했으나 건강상의 명목으로 공직에서 물러났다. 그러나 영구 호민관이 되면서 사실상 모든 권력을 손에 쥐었다. 집회를 소집하고 원로원의 법안을 거부할 수 있었고 신변 보호를 받았다. 그 외, 공직자를 감시하고 시민권을 빼앗을 수 있는 감찰관 역할도 했다. 원로원 명단을 만드는 데도 관여하였으므로 로마는 그의 손 안에 있었다.

업적으로는 82개의 신전과 가장 큰 공중목욕탕을 지었고 건축물에 벽돌을 사용하기 시작했다. 인구조사를 바탕으로 세금을 정해 부정으로 과다하게 개인 재산을 불리는 것을 막았다. 도로를 건설하여 빠르게 신속하게 군대가 행군 할 수 있게 만들었다. 유럽의 주요도시는 로마에 의해 건설 발전하였다. 실패한 것이 있다면 능력에 따라서가 아니라 그의 핏줄을 후계자로 정한 것이었다. 77세에 죽었는데 자연사라기도 하고 부인에게 독살당했다고도 한다.

오벨리스크(Obelisk)
이집트 신전에 있는 오벨리스크(Obelisk)는 태양신을 기리는 기둥으로 승리를 기념하거나 왕의 위업을 과시하는 의미가 새겨져 있다. 이 장대한 것을 가져오기 시작했는데 현재 로마에 이집트에 있는 것보다 두 배가 더 많다고 한다. 어거스투스는 로마에 평화를 가져온 자신의 업적을 새겨 넣었다.

로마로 들어오는 포폴로문과 쌍둥이 성당 앞에 있는 오벨리스크

정략 결혼, 모략과 음모
지옥문까지 간 황제들

절대 권력을 차지하기 위해 행해지는 모략과 음모, 정략결혼 등은 동서 고금을 막론하고 다 비슷하다. 인간의 욕구가 어떠한 제재를 받지 않거나 모든 것을 다 가졌을 때 그 끝은 어디일까.

어거스투스에게는 딸 하나밖에 없었고 그의 세 번째 부인 리비아에게 는 그녀의 전남편과의 사이에서 난 두 아들이 있었다. 황제는 대를 이을 아들이 없자 그의 친조카들을 후계자로 세웠다. 그러나 이상하게도 다 죽 었다. 리비아는 이미 결혼한 그녀의 아들 테베리우스를 강제 이혼시키고 어거스투스의 딸 줄리아와 결혼시켜 후계자로 입지를 굳혔다.

티베리우스Tiberius, 14-37는 54세에 두 번째 황제가 되었다. 그는 처음에 황제가 되는 것을 탐탁하게 여기지 않았으나 후에 폭군이 되었다. 그의 어머니 리비아의 내정 간섭이 심해지자 어머니를 잔인하게 내쳤다. 재정 낭비를 막기 위해 전차와 검투사 경기를 중지한 것은 바람직했으나 민중 의 인기를 잃었다. 암살당할까 봐 불안하여 카프리섬에 가서 은거하였다. 사람들이 쿠데타를 시도했다고 고발하면 이유 불문하고 음모자를 잡아 들였다. 극악무도한 고문을 하여 죽인 후 빼앗은 재산의 상당량을 고발한 사람에게 주었다. 공포와 변태 행위로 이름을 남기고 77세에 죽었다. 그 나마 국고를 축내지 않아 다음 황제에게 넉넉한 재정을 물려 주었다.

세 번째 황제 칼리굴라Caligula, 37-41는 티베리우스의 조카이자 어거스투스 손녀 아그리피나의 아들로 29세에 등극했다. 전 황제의 공포 정치를 끝내 겠다고 했다. 추방된 사람을 불러들이고 감시대상명단을 태우고 그의 삼촌 클라우디우스를 집정관으로 세우는 등 잘하는 것 같았다. 그러나 열병을 앓은 후 과대망상에 빠져 잔인하게 되었다. 검투사 시합을 참혹하고 과격 하게 하고 자신이 글라이에이터가 되어 싸우기도 했다. 화려한 만찬과 도 박을 하며 국고를 탕진했다. 그의 신전을 짓고 모든 신의 목을 자른 후 그의 머리로 대치하여 자신을 숭배하라고 했다.

여동생과 결혼했고 파티에서 다른 세 동생과도 관계를 맺었다. 참모의 부인을 골라 관계를 맺고는 그녀와의 잠자리를 남편들에게 언급했다. 그 가 전차를 타고 달리면서 고위 관직자가 그 옆에서 뛰게 했다. 야생동물 에게 고기를 먹이는 것이 너무 비싸다고 범죄자를 그들의 먹이로 주었다. 동물에게 먹였다. 잔인한 행동을 하여 사람들이 그를 두려워하고 증오하 는 것을 즐겼다. 그의 말을 보석으로 장식하고 원로원 건물 옆에 대리석 으로 더 빛나는 마구간을 만들었고 말이 잘 때 군사들에게 절대 침묵하라 고 했다. 머리숱이 많은 멋진 남자들에게 그들의 머리 뒤를 밀어버렸다.

영국을 점령한다고 나섰다가 엄두가 나지 않자 프랑스 해안가에서 바다 의 신 넵튠을 두고 승리를 자축하였다. 군사들에게 조개껍질을 모으라고 하여 로마에 되돌아온 후 전리품이라고 내놓았다. 돈이 떨어지자 귀족들에 게 그를 양자로 삼으라고 한 후 그들을 죽여 재산을 차지했다. 왕궁의 물건 을 경매하며 비싸게 사라고 압력을 넣었고 모든 것에 세금을 매겼다. 즉위 4년도 안 되어 근위대장에게 살해당했는데 그 이유 중의 하나는 그가 계속 치욕스러운 암호를 주어 그를 우습게 만들었기 때문이라고 한다.

근위대는 커튼 뒤에서 덜덜 떨고 있던 칼리굴라의 삼촌 클라우디우스 Claudius, 41-54를 찾아내어 다음 황제로 앉혔다. 50세에 황제가 된 그는 틱

장애가 있고 침을 흘리고 절뚝이고 말을 더듬었다. 장애가 있는 사람은 신의 저주를 받았다고 생각했으므로 어거스투스도 그의 옆에 앉지 않았으며 칼리굴라는 놀림감으로 그를 데리고 있으면서 옷을 입은 채 강에 뛰어들라고도 했다. 바보짓을 했으므로 살아남을 수 있었다. 놀랍게도 그는 역사 저서를 쓸 정도로 지식인이었다. 비록 군사를 이끌었던 경력은 없었으나 어거스투스 다음으로 가장 넓은 영토를 차지했고 통치를 잘해 민중과 군사에게 호응을 얻었다. 그러나 부인복이 없어 30세 어린 세 번째 부인 메살리나에게 죽을 뻔했고 네 번째 부인이자 네로의 어머니 아그리피나에게 독살당했다.

네로의 어머니

아그리피나의 정치적 야망

　로마의 통치자는 남자였지만 그 뒤에는 여자가 있었다. 공직 생활을 할 수 없는 여자는 어려서는 아버지를, 결혼한 후에는 남편을, 늙어서는 아들을 통해 그녀의 야망을 펼쳤다.

　네로Nero, 54-68가 17세에 황제가 될 수 있었던 것은 그의 어머니 아그리피나 때문이었다. 그녀는 어거스투스의 증손녀로 삼남 삼녀 중의 장녀로 13살 될 때 사촌과 결혼하여 네로를 낳았다. 네로의 아버지는 그를 비난하는 자의 눈을 빼버릴 정도로 잔인했다.

　그녀는 오빠인 칼리굴라 황제를 살해하려는 음모에 가담했다가 발각되어 모든 재산을 빼앗기고 추방당했다. 삼촌 클라우디우스가 황제가 되었을 때 다시 로마로 돌아온 후 네로를 황제로 만들기 위해 올인했다. 걸림돌이 되는 사람을 독살하고 그들의 재산을 몰수했다. 그녀의 두 번째 남편도 희생자 중의 한 사람이었다. 황제의 부인이 네로를 죽이려고 했다고 소문을 내 처형당하게 하고 그 자리를 차지하였다. 황제의 전 부인의 딸 옥타비아의 약혼을 취소시키고 네로와 결혼시켰다. 황제가 아그리피나의 의도를 알아차리고 그의 친아들을 후계자로 삼으려고 했다가 그 또한 그녀의 손에 죽어 네로가 드디어 황제의 자리에 오르게 되었다.

　그녀는 철학자 세네카를 네로의 고문으로 그리고 부르스를 근위대장으로 세워 셋이서 국정을 논했다. 그녀가 정치에 관여했을 때 나름 로마가 안정되었다. 그러나 네로가 자유가 된 노예 여자 악테와 관계를 맺으면서 어머니와 아들 사이는 돌이킬 수 없는 사이가 되었다. 절제되지 않은 행실에 대해 어머니가 강하게 비난하자 아들은 어머니의 모든 명예와 권력을 빼앗고 경호원마저 제거해 버렸다. 이에 대응하여 그녀가 네로를 배신하고 전 황제의 아들을 옹호하려고 하자 네로는 그를 연회에 초대하여 독살하였다.

네로는 그의 어머니를 죽이려고 세 번이나 시도하였다. 술에 독을 탔을 때 그녀는 미리 해독제를 먹어 두어 피할 수 있었다. 그녀가 자는 동안 지붕이 무너지게 했으나 그것도 미리 알아채 피할 수 있었다. 마지막 방법은 배를 가라앉히는 거였다. 그녀에게 화해를 청하는 편지를 써 축하연에 초대했다. 돌아가는 길에 배를 침몰시켰으나 그녀가 헤엄쳐 나오자 그녀를 죽이라고 군사를 보냈다. 그녀는 가증스러운 아들을 낳은 내 자궁을 먼저 찌르라는 마지막 말을 남기고 죽었다. 네로는 죽어가는 어머니를 보며 "멋진 몸매를 가지고 있군."이라고 하며 그녀가 자살한 것으로 꾸몄다.

아들을 통해 권력을 행사한 아그리파는 결국 아들에게 죽임을 당하고 말았다. 사랑이었을까 아니면 권세를 위해 아들을 이용한 것일까? 권력과 욕망 앞에서는 천륜도 타부도 없고 목적만 있을 뿐이다. 광기 어린 아들의 손에 이슬처럼 사라진 그녀는 대단한 정치꾼이었음이 틀림없다.

"이제야 인간처럼 살 수 있겠군!"
예술을 사랑한 폭군 네로

네로는 황제 자리를 버릴 수 있을 정도로 예술을 사랑했다. 예술은 신성이므로 자신을 신이라고 하며 배우, 시인, 음악가로 대중 앞에 나타났다. 대중공연에서 임신한 여자, 처형당하는 노예역을 맡거나 창녀들과도 함께 하였다. 그의 비위를 맞추기 위해서 박수부대까지 동원했다. 황제의 품격을 떨어뜨린다고 비웃거나 비판하는 사람은 가차 없이 죽여버렸다. 그가 사랑했던 둘째 부인 사비나가 그의 연출에 대해 한마디 했다고 하여 임신한 그녀마저 발로 차 죽였다. 그리고는 몹시 슬퍼하여 신하 중에 그녀를 닮은 한 남자를 거세하여 그녀처럼 분장시키고 사비나라고 부르며 데리고 다녔다.

음악회를 열어 노래하고 리레를 연주했다. 사람들을 강제로 참여하게 하고 끝날때까지 아무도 나가지 못하게 했다. 지진이 일어나 극장이 흔들려도 계속했다. 사람들은 죽은 척하여 실려 나가거나 죽음을 무릅쓰고 뒤쪽 벽으로 가서 뛰어내리기도 했다. 그는 스스로 음악상을 받았고 이전에 상 탄 사람들의 석상을 공중화장실에 내다 버리기도 했다.

한 번은 올림픽이 열리는 해가 아니었는데도 그를 위해 열게 했다. 그리스에 가서 전차 경주를 하다가 말에서 떨어졌다. 그렇지 않았으면 일등했을 것이라고 하여 승리관을 썼다. 뿐만 아니라 경기에 참석하지 않고도 상을 받았다.

64년에 일어난 대화재는 일주일 동안 계속되며 로마의 75%를 태웠다. 그가 불을 질렀다는 소문을 막기 위해 크리스천의 탓으로 돌렸다. 이때 유대인과 크리스천이 구별되었다. 크리스천을 잡아다가 동물에게 던지거나, 십자가형 그리고 화형에 처했다. 이것이 그리스도교 박해의 시작이었다.

불행인지 다행인지 로마는 화재를 방지하기 위해 새롭게 재건축되었다. 벽돌을 사용하였고 현관은 넓은 도로를 향하게 했고 집들 사이에 공간을 두었다. 네로의 황금 궁전은 역사상 가장 거대하고 화려했던 건축물로 바티칸 시국보다 더 넓었다고 한다. 건물내부와 외부에 금박이 입혀졌고 보석으로 장식 되었다. 높고 둥근 천장이 돌아갈 때는 향기가 났고 꽃잎이 연회석상에 떨어졌다. 강에서 물을 끓어다가 궁전 앞에 인공호수를 만들고 자신을 태양신이라 하여 호수 옆에 30m 높이의 거대한 황금상을 세웠다. 같은 옷을 두 번 입지 않을 정도로 사치했고 궁이 완성되었을 때 "이제야 인간처럼 살 수 있겠군."이라고 했다.

궁전을 짓기 위해 세금을 올리고 백성을 쥐어짰다. 66년에 혹독한 세금 징수로 유대에서도 반란이 일어났다. 파산할 지경에 이르자 부자 원로원을 고소해 그들의 재산을 빼앗고 주화를 평가절하했으며 500여 년 전통을 지켜왔던 신전을 약탈해 자금을 조달했다. 터무니 없는 세금 징수와 횡포가 날로 심해지자 그의 오른팔 왼팔이었던 부르스와 세네카 마저 반기를 들었다. 반대하는 원로원을 닥치는대로 죽이고 그의 스승인 세네카까지도 자살하게 했다. 분개한 원로원은 68년 네로를 공공의 적이라고 선포하여 쿠테타를 일으켰다.

네로는 변장하여 궁전을 빠져나갔다. 이집트로 도망가려고 했지만, 군사들이 명령에 따르지 않았다. "내 안에 있는 예술가가 죽는구나."하며 자신보다 예술가가 죽는 것을 더 슬퍼했다. 함께 있는 사람에게 어떻게 목숨을 끊는 것인지 보여달라고 했으나 아무도 나서지 않았다. 주위에 아무도 없다는 것이 죽음보다 비참하다는 것을 알았다. 결국, 그의 곁에 있는 하인에게 죽여 달라고 함으로서 첫 번째 왕조가 막을 내렸다.

어디까지가 사실이고 꾸며진 이야기인지는 바람만이 안다. 어머니의 야망만 아니었다면 네로는 예술을 즐기며 평범한 삶을 살지 않았을까. 손가락 하나 까딱하는 데 생사가 오갔고 황금 궁전이 지어졌으니 황제는 자신이 신이라고 여긴 것은 결코 과대망상이 아니었다.

로마의 얼굴이 된 콜로세움
이스라엘 성전에서 가져온 돌로 지어지다

　그리스 아테네에 파르테논 신전이 아름다운 여신이라면 로마에는 콜로
세움은 전쟁의 강인한 남신의 모습이다. 고대 로마의 과학적 기술을 겸비

콜로세움 내부

한 건축물은 이 천년이 지난 지금까지 감탄사를 자아내게 한다. 특히나 콜로세움Colosseum 원형 경기장은 대표적인 유적지로 세계 7대 불가사의로 뽑히고 있다.

유대 반란을 진압하고자 네로는 플라비우스 베스파시아누스베스파와 그의 아들을 보냈다. 네로가 죽자AD68 베스파는 하던 일을 아들에게 맡기고 로마로 돌아와 황제가 되었다. 그는 네로의 사치스러운 "황금 궁전"을 허물고 그 자리에 유흥시설인 콜로세움을 짓기 시작했다. 시민의 세금이 아니라 네로의 궁전과 약탈해온 이스라엘 성전의 돌과 그리고 잡아 온 유대인의 노동력을 이용하였으므로 민중의 열렬한 호응을 얻었다.

베스파가 죽자 첫째 아들 티투스가 황제가 되어 3층까지 완성한 후 첫 개막식을 열었다. 검투사 시합과 모의 해전 그리고 하루에 몇천 마리가 죽어 나가기도 한 맹수 사냥을 100일 동안 치렀다. 티투스가 죽자 그의 동생 도미티아누스가 황제가 되어 4층까지 마저 완성하였다. 플라비우스 가문에 의해 건축되었다고 하여 처음에 플라비움의 두 개의 반원형 극장으로 불리다가 중세기에 가서 콜로세움이라고 불렸다. 그곳에 있었던 네로의 황금 동상인 태양신 콜로수스Colossus에서 비롯되었다. 경기장 가운데 또는 무대를 아레나arena라고 하는데 이것은 모래라는 뜻이다. 모래를 뿌려놓고 피로 물들면 쓸어내고 다시 뿌렸다.

콜로세움의 바깥 둘레는 527m, 높이는 52m이고 아레나는 5:3의 비율이다. 둥근 아치 안에는 조각상이 올려져 있었다. 5만명을 수용할 수 있으며 무게를 감당하기 위해 지하로 12m까지 10만t의 콘크리트로 채워졌고 300t의 철로 죄어졌다. 지진이나 천재지변에 의한 진동을 흡수할 수 있도록 설계되었으며 2천년이 지난 지금도 가라앉거나 금이 간 곳이 없다고 한다. 지하에는 검투사 양성소와 연결된 통로와 맹수와 검투사 방이 있었고 그들을 무작위로 아레나에 올릴 수 있는 28개의 승강기가 있었다.

콜로세움

바람의 파노라마_고대로마 시칠리아 이탈리아

신분에 따라 좌석이 달랐으며 80여 개의 아치문을 통해 30분 이내에 모든 사람의 출입이 가능했다. 시민들에게 표를 팔거나 공짜로 나누어 주었고 하층 계급의 사람들은 공짜였고 맨 위층에서 서서 보았는데 들어가는 통로가 따로 있었다. 어디서나 잘 볼 수 있게 경사 각도를 고려했고 비가 오거나 햇빛을 막기 위해 밧줄과 도르래를 이용해 펴고 닫을 수 있는 차양막이 있었다.

서로마 제국의 멸망과 지진 피해로 천 년 이상 폐허가 되어 방치되었다. 외벽에 구멍이 숭숭 뚫려있는 것은 철과 나무쐐기를 빼 간 자리라고 한다. 버려진 돌이 모퉁이의 머릿돌이 된다마태21.42고 아이러니하게도 예루살렘의 성전의 돌로 지은 콜로세움은 천년이 지난 후 바티칸 베드로 대성전의 디딤돌이 되었다. 잔인하게 처형된 인간과 동물 그리고 순교자들의 영혼은 그곳에서 평안히 쉬고 있을 것 같다.

시계 반대방향으로 달린 전차 경기장
써커스 맥시무스

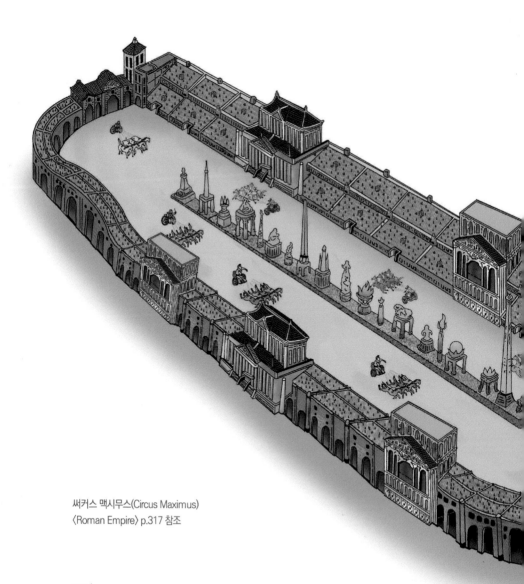

써커스 맥시무스(Circus Maximus)
〈Roman Empire〉 p.317 참조

바람의 파노라마_고대로마 시칠리아 이탈리아

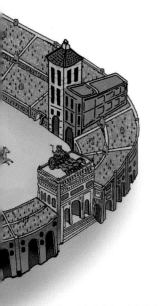

전차 경기장621m×118m인 써커스 맥시무스 Circus Maximus는 팔라타인과 아벤타인 언덕 사이에 있다. 기원전 7세기 이전 에트루리아 왕 때부터 있었으며 로마의 번영을 기원하는 종교행사장이었다. 로마에서 가장 큰 것으로 공화정 말기 1년에 50번이 넘는 행사가 있었고 없을 때는 노예와 가축을 교환하는 시장이 열렸다.

씨이저BC50가 대대적으로 확장하여 전체 둘레에 15만 명을 앉을 수 있는 자리를 만들었고 물을 채워 가상 해전을 벌이기도 했다. 트라잔 때 재건되었고 정글처럼 꾸며 놓고 맹수사냥을 했다. 1년에 135번의 축제가 열렸다고 하며 549년 전차경기를 끝으로 폐쇄되었다. 현재는 시민 공원으로 공연이나 콘서트장으로 사용되고 있다.

능력있는 후계자, 오현제
로마를 전성기로 이끌다

콜로세움을 지은 플라비우스Flavius 왕조는 도미티안 황제에서 끝이 났다. 그는 네로만큼이나 큰 궁전을 지었고 바른말하는 원로원과 철학자를 죽이거나 추방하고 자신을 숭배하지 않으면 가차 없이 죽이다가 살해당했다96.

그 후 백여 년간 로마의 전성기69-169가 시작되었다. 그렇게 될 수 있었던 것은 무조건적인 서열에 의해서가 아니라 유능한 자를 다음 후계자로 선택했기 때문이다. 순서대로 네르바, 트라야누스트라얀, 하드리누스하드리안, 안토니우스 파이우스 그리고 마르쿠스 아우렐리우스 황제를 합쳐서 오현제라고 한다.

네르바Nerva, 96-98는 원로원과 협조하여 올바른 정치를 하였다. 바른말하다 감옥에 갇히거나 추방된 사람을 면죄해 주었고 도미티안 황제가 빼앗았던 재산도 돌려주었다. 돈이 많이 드는 게임이나 축제를 줄여 지출을 막았다. 온화한 성격으로 존경을 받았지만 3년 후에 자연사하였다.

트라얀Trajan, 98-117은 스페인에서 태어났고, 처음으로 다른나라 사람이 황제가 되었다. 지혜와 덕망을 갖추었고 최고의 황제로 인정받았다. 그가 통치하는 동안 제국의 영토는 세계의 삼 분의 일로 가장 컸고 부유했다. 사회복지와 행정 개혁을 대거 시행하는 등 제국의 번영에 노력하였다. 가

바람의 파노라마 _ 고대로마 시칠리아 이탈리아

난한 자와 아이들을 위해 기금을 마련했고 오스티아 항구 도서관과 목욕탕을 지었다. 크리스천을 색출하러 다니지는 않았지만 고발이 있을 때 심문하여 배교하면 풀어주고 그렇지 않으면 처형하였다. 그는 원정에서 돌아오다가 병으로 죽었다.

하드리안Hadrian, 117-138은 전쟁보다 평화를 추구한 최고의 황제였다. 영토의 확장을 멈추고 경계벽을 쌓았다. 그리스 문화에 매혹되었으며 모든 신의 신전인 판테온 그리고 각종 건축사업을 추진하였다. 그는 크리스천을 처벌하는 가혹한 법령을 만들어 박해하였다.

안토니우스 파이우스Antoninus Pius, 138-161의 통치 아래 로마는 조용하고 풍요로웠다. 경건한 자라는 의미에서 파이우스라는 명칭까지 받았다. 그는 로마 밖을 나가지 않았고 평화롭게 다스렸다. 로마 전역에 무료로 물을 공급했다. 병으로 죽었고 마르쿠스 아우렐리우스와 루키우스 베루스를 공동 황제로 세웠으며 막대한 재정을 물려주었다.

트라야누스 원주
퀴리날레 언덕 근처 북쪽 트라얀 포름에 다키아 전쟁 승리(AD113)를 기념하는 부조가 있다. 높이 38m, 지름 4m이며 23번 회전하는데 당시 승리의 역사가 2,500여 개로 조각되어 있다. 내부에는 185개의 나선형 계단을 통해 전망대에 올라갈 수 있다. 꼭대기에는 트라얀 대신 베드로 성인의 상이 놓여있다. 비록 이교도의 것이지만 트라야누스 황제가 슬퍼하는 여자를 도와주었다고 하여 그레고리 교황은 파괴하지 않고 보존하였다.

마르쿠스 아우렐리우스Marcus Aurelius, 161-181의 통치 아래 로마는 여러 위기에 처하였다. 166년에 생긴 역병으로 군대가 약해졌고 독일의 침략을 받았지만 잘 대처했다. 그가 죽자 그의 아들 콤모도스Commodus, 180-192가 단독 황제가 되었다. 그는 최악의 황제 중 한 사람이었고 살해되었다.

오현제 때 포장된 도로가 만들어져 모든 길이 로마로 통하게 되었고 이때 중국에서 비단을 수입하던 길이 실크로드가 되었다. 어떤 역사가는 이때를 인류 역사에서 가장 행복했던 때라고 하였다. 물론 로마의 입장에서였을 것이고 그만큼 속주국의 독특한 문화와 삶이 그들의 그늘에 묻혔을 것이다.

아우렐리안 성벽
아우렐리아누스 황제는 3세기 외부 침략을 막기 위해 성벽을 짓기 시작하였으나 완공을 보지 못하고 죽었다. 로마의 7개 언덕을 포함하여 테베레강 우측제방으로 19km 된다. 두께 3.5m 높이 8m로 외장 벽 29.6m마다 정사각형 탑이 있었다. 5세기 두 배의 높이로 재건되었다. 주요문 18개와 두 줄로 된 벽과 벽 사이로 경비병이 다닐 수 있는 통로가 있었다. 1870년 때까지 로마의 군사적 방어 기능을 했다.

불법인가 합법인가 하드리안 황제
미소년 시종 안티노스를 사랑하다

하드리안은 40세에 황제가 되었고 최고의 이성과 지성 감성을 겸비한 황제로 뽑히고 있다. 평화를 추구하는 뜻에서 영토를 더 확장하지 않았고 재위 시절 거의 반을 로마를 벗어나 속주국을 시찰하였다. 가는 곳곳마다 그의 기념물을 세우고 이름을 남겼다. 영국과 스코틀랜드 사이에 하드리안 장벽을 지었고 그리스에 그의 신전을 그리고 예루살렘을 그의 이름으로 대치했다.

그가 열 살이 되었을 때 아버지가 죽자 그의 작은 할아버지 트라얀 황제와 근위대장 아티나가 그의 후견인이 되었다. 하드리안은 공직을 아래서부터 차례로 밟고 올라가 가장 높은 집정관까지 한 능력자였다. 황제 트라얀에게 아들이 없자 그의 아내 플로티나는 하드리안을 그녀의 조카 사비나와 결혼시켰다. 그리고 하드리안이 황제가 된 것이 합법인가는 미스테리로 남아있다.

트라얀이 원정을 나갔다가 죽게되자 그의 아내와 근위대 대장이 임종을 지켰다. 로마에 있는 원로원에게 전해진 트라얀의 유서에는 하드리안이 후계자로 적혀 있었다. 그런데 싸인은 그의 아내가 한 것이었다. 로마법상 후계자를 정할 때는 예식을 갖추어 선정자와 후계자가 함께 서명해야 하는데 그때 하드리안은 시리아에 있었다. 법적 효력이 있는지 위조인지 증인으로 있었던 하인이 얼마 후에 죽었다. 또한, 불법이라고 이견을 낸 원로원 4명이 살해되어 하드리안이 순조롭게 황제 자리에 올랐다.

그는 가장 현명하고 양심적이고 교양있는 황제였고 그의 로맨스로 잘 알려졌다. 그가 47세 되던 해에 그리스 소아시아를 방문하였다가 시중들던 12세 소년 안티노스Antinous를 총애하게 되었다. 당시 상류층 성인 남성들에게 이러한 일들은 흔히 있었다. 하지만 그의 소년에 대한 사랑은 아주 특별하여 어디를 가나 데리고 다녔고 그를 향한 사랑시까지 쓸 정도였다. 이집트 알렉산드리아에서 오시리스신 축제가 열릴 때130 배를 타고 나일강을 거슬러 올라가는 중이었다. 안티노스가 물에 빠져 악어에 물려 죽었다는 통보를 받고 황제는 그의 옷과 샌들 앞에서 펑펑 울었다.

안티노스의 죽음이 자살인지 타살인지 확실하지 않고 그것도 미스테리로 남아있다. 그는 미소년에서 주인을 거부할 수 있는 나이인 18세 청년이 되었다. 그의 아름다움을 영원히 간직하고자 황제가 죽였다고도 하고 자신의 젊음을 유지하기 위해 거세하다가 죽었다고도 한다. 한편, 오랫동안 질병에 시달려 왔던 황제의 건강을 되찾아 주기 위해 희생제물이 되어 물 속에 뛰어들었다고도 한다. 공교롭게도 황제의 아내 사비나가 다른 데는 안 따라다니다가 이집트에는 동행하고 있었다. 그녀 또한 의심의 선상에서 벗어날 수 없다.

하드리안은 그의 장례식을 성대하게 치러주었다. 사고가 났던 강변에 그리스 스타일의 신도시 안티노폴리스를 건설하여 오시리스-안티노스 신전을 세우고 기념 축제를 열었다. 독수리와 조디악 사이에 별을 안티노스라 하였고 나일강 둑에 장밋빛 연꽃을 안티노스 꽃이라고 불렀다. 후에 건강이 악화되어 62세에 자식 없이 죽었다.

그리스 아테네 하드리안 문

하드리안 빌라 모형도

하드리안 빌라

하드리안은 로마에서 북동쪽으로 32km 거리에 있는 티볼리(Tivoli) 마을에 1,200㎢ 되는 빌라를 직접 설계하여 지었으며 이곳에서 행정을 보며 마지막을 보냈다.

빌라의 진입로는 그리스 북부지방의 어느 계곡 풍경이며 그리스식 해양 극장, 로마식 풀장, 이집트 신의 조각상으로 장식하였다. 황제의 침실과 도서실은 수영장으로 둘러싸여 있고 해상극장과 태양열을 이용한 목욕탕과 사우나실도 있었다. 스태프, 방문객, 시중드는 사람, 노예 등 수천 명이 살았으며 지하 터널을 만들어 하인과 물품을 수송하였다.

커다란 연못(18mx119m)의 3면은 언덕으로 둘러싸여 있다. 그가 총애하던 시종 안티노스가 익사한 곳의 이름을 따 카노푸스(Canopus)라고 불렀다. 연못 끝에는 그를 잡아 먹었다고 하는 악어 조각이 있다.

바람의 파노라마_고대로마 시칠리아 이탈리아

하드리안 무덤

테베레강 사이로 바티칸 대성당과 마주하고 있는 샌앤젤로(Sant'Angelo) 천사성은 하드리안 황제가 자신과 가족을 위해 만든 무덤이었다. 원형으로 꼭대기에는 미카엘 대천사의 상이 있고 로마가 내려다 보인다. 푸치니의 오페라 〈토스카〉에서 여주인공이 뛰어내린 배경이기도 하며 현재는 군사 박물관으로 쓰이고 있다.

제국이 멸망한 후 14세기에 로마 교황청의 성곽이자 요새로 쓰였다. 교황 니콜라오 3세는 위험에 처할 때 피신할 수 있도록 성 베드로 대성당을 연결하는 비밀통로를 만들었고 1527년 신성 로마 제국 황제 카를 5세가 로마를 침공했을 때 교황 클레멘스 7세는 실제로 이 비밀통로를 통해 성 베드로 대성당에서 이곳으로 피신하였다.

그레고리오 교황이 흑사병이 끝나기를 기도드리다(590년) 미카엘 대천사의 환시를 보았다고 하여 명칭이 바뀌었다. 꼭대기에 석상은 조각가 몬테루포의 라파엘로가 조각한(1536년) 대천사 미카엘이며 그의 손에는 전염병이 퇴치되었음을 선언하는 의미로 칼이 쥐어져 있다. 그 옆에는 사형할 때 울리던 자비의 종이 있다.

하드리안 무덤

바람의 파노라마_고대로마 시칠리아 이탈리아

무덤에서 내려다 보이는 테베레 강과 바티칸 대성당

이곳에 묻혀 주세요
완벽한 건축물, 둥근 지붕의 판테온 신전

판테온Pantheon 신전은 완벽한 고대 로마 건축물로 꼽히며 트레비 분수와 나보나 광장 사이 로톤다광장에 있다. 어거스투스 황제 때BC27 지어졌으나 화재로 손실되었다가 하드리안 황제 때AD125 재건되었다. 파괴되지 않고 잘 보존될 수 있었던 것은 609년 비잔틴 황제가 교황에게 기증하여 순교자들의 성모 마리아 성당Santa Maria dei Martiri으로 쓰였기 때문이다.

반원형 지붕과 천장인 돔dome과 아치arch 구조물은 그리스 건축물에서 볼 수 없는 고대 로마가 만들어낸 독창적인 것으로 르네상스와 유럽에 지대한 영향을 끼쳤다. 르네상스 3대 천재 화가인 라파엘로는 판테온을 이 세상에서 가장 아름답고 완벽한 건물이라고 칭송했으며 죽어서 이곳에 묻히기를 원했다. 뜻에 따라 그의 무덤이 신전 내부에 있는 성모 마리아

판테온 신전

상 아래에 있다. 미켈란젤로 또한 극찬했으며 이곳에서 영감을 받아 피렌체 두오모 성당 둥근 지붕을 설계하였다. 성 베드로 대성당의 전면에 삼각형 지붕에서 후면에 둥근 지붕으로 이어지는 구조 또한 영향을 받았다.

원형으로 된 실내 바닥의 지름과 천장 높이가 똑같이 43.3m이다. 화강암으로 만든 코린트 양식의 기둥 16개가 둥근 지붕을 받치고 있다. 천장은 콘크리트의 재질과 무게를 이용하여 과학적으로 분배 했으며 돔 아래쪽 벽의 두께는 5.9m이며 위로 갈수록 얇아져서 꼭대기는 1.5m이다. 안쪽에 사각형 모양은 홈을 다섯 층으로 일정하게 파내 중량을 감소시키면서 장식적 효과도 냈다. 돔을 받치는 안쪽 벽돌 아치의 정확한 공사법은 아직도 연구되고 있다고 한다.

둥근 천장은 우주의 형상이며 천체의 모습이다. 격자무늬 공간에는 금박을 입힌 청동 별들로 장식되어 있었다. 태양을 상징하는 중앙에 9m로 뚫린 구멍은 창문이 없는 이곳에 유일하게 빛을 전달해 준다. 시간의 경과에 따라 이동하는 햇살은 우주의 신비를 더 해 준다. 비가 안으로 떨어지지 않는 데 그것은 기후 조건상 비가 많이 내리지 않는 데다가 실내에서 생기는 상승기류가 구멍쪽으로 올라가며 비를 막아 주기 때문이다. 설사 비가 들어오더라도 바닥에 배수시설이 되어 있다.

판테온 외벽은 대리석으로 조각되어 있었지만 벗겨져서 벽돌이 보인다. 1624년 베드로 대성당 안에 있는 베드로의 묘소를 덮는 거대한 제단을 장식하기 위해 판테온 현관에 도금한 청동판을 벗겨갔다. 7m 되는 대형 청동 문은 당시 모습 그대로이며 현존하는 로마 건축물에서 가장 오래되었고 당시 가장 큰 것이었다.

얼마를 내야 황제가 될 수 있나
로마 제국의 내리막길

로마 제국은 철학자 황제 마르쿠스 아우렐리우스를 정점으로 내리막길을 걸었다. 그가 아들 코모도스에게 황제의 자리를 물려준 것이 실수였다. 태어난 시기로 볼 때 친아들이 아닐 확률이 높았으나 상관하지 않았고 다섯살때부터 황제 교육을 시키며 카이사르라고 불렀다. 12살 때 목욕물 온도가 평상시와 달랐다고 하여 책임자를 불 속에 집어 던졌다는 일화는 그가 미래에 어떠한 황제가 될지 암시해주고 있다.

코모도스Commodus, 180-192는 18세에 황제가 되었다. 암살당할 뻔한 후 공식 석상에 나타나지 않았다. 사치로 재정이 바닥나자 구실을 만들어 귀족들을 잔인하게 죽이고 재산을 빼앗았다. 자신이 허큘리스의 환생이라고 하여 사자의 가죽을 뒤집어쓰고 나무 방망이를 메고 사람들 앞에 나타나기도 했다. 또한, 글라이에디터로 무장하여 경기장에 나타나 맹수를 화살로 쏴 죽였다. 온갖 횡포를 부리다가 그의 연인과 근위대장에 의해 결국 살해당했다.

군위대의 힘이 막강해지며 황제 자리는 돈을 가장 많이 주겠다는 사람에게 팔렸다. 다음으로 황제가 된 퍼티넥스는 코모도스가 축낸 재정을 메꾸기 위해 코모도스의 소유물과 공공기물을 팔고 세금을 면제해 주는 등

개혁을 하고자 했으나 기득권을 가진 원로원에게 세 달 후 살해당했다. 아무리 정의의 실현이라고 하더라도 시간과 때를 잘 이용해야 한다. 목숨을 담보로 한 황제의 자리였다. 그렇게 금방 죽을 줄 알았어도 황제가 되려고 했을까. 하여튼 그의 이름은 역사에 남았다.

그 후 가장 큰 군단을 갖고 업적을 세운 북아프리카에 있던 세베루스 Severus, 193-211가 로마로 돌아와 황제가 되었고 아들 둘에게 황제 자리를 나누어 주었다. 그러나 서로 경쟁이 붙어 싸움이 벌어졌다. 형 카리칼라는 동생과 그를 따르는 군사를 모두 죽였다. 그는 코모도스보다 더 미치광이이자 망나니였다. 대부분 황제는 그들이 추앙하는 사람의 이름을 별명으로 정하는데 그는 갈리아 옷의 이름으로 정했다. 군대에 뇌물을 주느라 국고가 파산되었고 그 또한 암살당했다.

다음으로 그의 친족 마크리누스는 정식 절차를 밟지 않고 근위대장이 황제로 임명했다. 그 또한 1년 후 살해당했다. 엘라가발루스 Elagabalus, 218-222는 페르시안 왕처럼 화려하게 옷을 입고 머리에 여왕이 쓰는 티에라를 쓰고 마스카라를 하였다. 그 또한 근위병에 의해 살해당했다.

로마는 240년 이후 혼란에 빠졌다. 이 전에 80년 동안 다섯 황제가 있었던 것에 비해 50년 동안 26명의 황제가 있었다. 자연사로 죽은 황제는 두어 명 되고 나머지는 다 제명에 죽지 못했다.

군사들에게 돈을 많이 주겠다는 공약을 지키느라 국고가 거덜나자 세금으로 충당하려고 했다. 부패한 관료는 시민들을 보호해 주는 대신 돈을 요구했다. 이로 인해 돈의 가치가 떨어지고 인플레이션이 치솟았다. 로마의 은 동전에 은이 2%보다 적게 들어가자 교역하는 사람들이 로마 주화를 받지 않을 정도가 되었다.

엎친 데 덮친 격으로 다른 나라에서 옮아 온 전염병이 로마를 휩쓸었다. 또한 식수 파이프에서 나온 납 중독으로 인한 저출산 그리고 화산의 폭발과 기근에 시달렸다. 군대는 더 이상 의무가 아니라 모병제가 되어 힘들 거나 돈을 안 주고 대우가 좋지 않으면 군사들이 도망가기 일수였다. 제 국은 동서로 나누어 졌고 페르시아와 독일 고트족의 침략을 받은 서로마 가 막을 내렸다.

5

행복이란 무엇인가?
고대 로마 철학자와 일상

콘스탄티누스 개선문

행복이란 무엇인가?
로마의 철학자, 사상가, 문학가

철학은 지혜를 사랑한다는 뜻으로 행복이란 무엇이며 어떻게 하면 잘 사는 것이고 잘 살기 위해 어떻게 해야 하는 가에 대해 다양한 질문을 던지고 답을 찾는다. 형이상학은 우주의 본질을, 논리학은 추론의 방식을, 인식론은 지식의 근원을, 윤리학은 도덕적 가치를, 미학은 아름다움에 대해 다룬다.

소크라테스의 제자였던 플라톤은 아테네에 아카데미아 학교를 세웠고 그 밑에서 아리스토텔레스가 공부하였다. 로마의 지식인들은 그리스 아테네에 가서 공부하였다. 그들은 새로운 철학을 만들어 내기보다는 그리스와 헬레니즘 철학의 연속으로 에피쿠르스학파Epicureanism, 플라톤학파Platonism 그리고 스토아Stoicism 학파가 주를 이루었다. 그리스 철학가가 이론을 제시했다고 하면 로마 철학가는 정치가로 실제로 정치에 활용하였다.

인생의 목적은 정신적 기쁨에 있다

루크레티우스Lucretius, BC96-BC55는 에피쿠르스 철학시를 라틴어로 재정리하였고 〈사물에 대하여〉라는 저서를 썼다. 원자론적 유물론에서 우주는 무한하고 영원하다. 세상의 현상들은 원자가 움직이는 상호작용이라서 심리적 사회적 현상도 물질적이므로 죽음에 대한 공포는 무의미하다. 행복은 방탕자의 환락이 아니라 정신적 육체적 고통에서 해방될 때 생기며 어떤 상태에서도 마음이 어지럽혀지지 않는 고요한 상태이다. 그의 철학은 사회적으로 억압당하는 낮은 계급과 여자와 노예들에게 어필하였다.

잘 죽는 법을 알아야 잘 살 수 있다

세네카Seneca, BC4-AD65는 귀족 집안에서 태어났으며 그의 아버지는 수사학 교사로 그가 정치가가 되기를 바랐다. 집정관을 했고 폭군 네로의 스승이자 고문으로 그의 대중연설을 써주는 등 정치에 참여하였다. 친구에게 고통받는 사람들을 위로하는 것과 인생에 대해 편지를 썼다. 넓은 의미의 형제애와 신과 같은 자애심은 평온한 마음이고 도덕이라고 했다. 인간은 매일 죽으며 잘 죽는 법을 알아야 잘 살 수 있다. 진리는 모두의 것이며 노예도 같은 사람이고 죽는 것은 마찬가지다. 상급자를 다루는 것처럼 하급자를 다루어야 한다. 육체에 구속되어 있지만 인간답게 살아가면 정신적 노예 상태에서 벗어난다. 〈분노에 관하여〉, 〈관용에 관하여〉, 〈영혼의 평정에 관하여〉, 〈지혜의 불변성에 관하여〉, 〈행복에 관하여〉, 〈자선에 관하여〉 등 여러 저서와 오디푸스, 허큘레스, 미디아. 등 그리스의 전설을 다루는 9개의 비극 작품도 썼다. 이것은 나중에 셰익스피어와 르네상스 드라마에 영향을 주었다.

우리의 신체는 껍데기에 불과하다

에픽테토스Epictetus, 55-135는 노예였을 때 주인의 폭행으로 절름발이가 되었다. 그러나 불평하지 않았고 신체는 그저 껍데기에 불과하다고 했다. 네로가 죽으면서 로마에서 추방되어 그리스에서 살았다. 진정한 철학자는 동물적 본능을 극복하는 정신적 힘과 신의 도움이 있어야 한다. 모든 불행을 통해 신의 섭리를 찾으라고 한 그의 사고는 마르쿠스 아우렐리우스에게 지대한 영향을 주었다.

선과 악을 분별하지 못하면 이기적인 자신을 만난다

마르쿠스 아우렐리우스 황제는 철학자였으나 대부분 시간을 전쟁터에서 보냈다. 금욕과 절제를 주장하였고 12편의 〈명상록〉을 썼다. 로마를 다스리는데 철학을 어떻게 적용했는지 매일 자신에게 글을 썼다. 매 순간 선과 악을 분별하지 못하면 오만해지고 이기적으로 되어 고통을 겪는다. 우주는 하나의 거대한 자연의 질서이자 신의 법이며 인간은 그것을 받아들이고 이해해야 한다고 했다.

내적 사고를 통해 우주와 재결합할 수 있다

플로티노스Plotinus, 204-270는 우주는 끝없는 빛의 샘이다. 태양을 통해 물질까지 퍼지고 다시 올라가 인간은 우주와 재결합하는데 이것은 내적 사고를 통해서 경험할 수 있다고 했다.

신의 은총만이 인간의 죄를 사할 수 있다

어거스틴ST. Augustine, 354-430의 저서 〈고백록〉은 기독교 교리의 기본이 되었고 종교 문학과 철학에 주요한 영향을 주었다. 북아프리카 태생으로 대학에서 가르쳤다. 12년 동안이나 여자와 동거하며 자식까지 있었다. 그는 방탕 생활을 하면서도 철학에 관심을 가졌고 육체적 세계는 악마가 관여한다고 했다. 로마로 온 후 정원을 거닐다가 신의 음성을 듣는 신비를 체험하면서 회개하였다. 어머니 모니카는 열렬한 크리스천으로 그의 회심에 결정적 역할을 했다. 아프리카에 있는 도시 히포에 주교로 있었고 야만족 반달이 쳐들어왔을 때 사망하였다.

유대인의 독립전쟁과 디아스포라
죽어도 죽은 것이 아니다

기원전 11세기 말 유일신을 믿은 헤브라이족은 유프라테스강을 건너와 가나안 땅에 이스라엘 왕국을 건설했다. 유다 지파에 솔로몬 왕이 죽자 BC930 왕국은 북부 이스라엘과 남부 유다로 나누어졌다. 이스라엘 왕국은 앗시리아의 손에 넘어갔다. 유대 왕국은 바빌론의 침략으로 BC600 예루살렘에 있는 솔로몬 성전이 무너지고 바빌론에 노예로 끌려가면서 고향에서 쫓겨나 다른 나라로 흩어지는 디아스포라가 처음으로 시작되었다. 그후 바빌론을 정복한 페르시아 왕 키루스는 유대인을 예루살렘으로 돌아가게 해 주었고 BC539 성전 짓는 것을 도와주었다. 그러나 기원전 3세기 알렉산더 대왕과 로마 폼페이우스에게 정복당하여 다른 신들의 신전이 지어지고 문화가 짓밟히자 곳곳에서 꿈틀하였다. 그들의 성전에 황제의 상을 세워 숭배하라고 하고 지나치게 세금을 착취하자 반란이 일어났다.

유대 내부에서는 로마에 아부하는 제사장을 비롯해 지식층으로 구성된 온건파와 가난한 농부로 형성된 피 끓는 열성 당원 강경파가 서로 싸웠다. 로마 군사가 예루살렘 성을 외워 싸고 진지를 구축하는 동안 성안에서는 피바람이 불었다. 강경파는 항복하고자 하는 사람과 온건파 만여 명을 십자가에 매달아 죽였고 식량까지 불태웠다. 결국, 로마군사에 의해 이스라엘 성벽이 무너지고 성전과 도시가 불에 탔다. 십만여 명이 포로로 잡히고 백만여 명이 죽었다. 이때 약탈해온 물자와 끌고 온 유대인 노예로 콜로세움을 지었다. 이스라엘 사람들은 안전하게 신을 섬길 수 있는 곳을 찾아 유럽 각 곳으로 흩어져 공동체를 이루고 살았다. 그들이 세계 어디로 가더라도 언젠가 고향으로 돌아가려는 꿈을 잃지 않고 하나로 뭉칠 수 있었던 것은 그들의 성서인 "토라"가 있었고 관습을 고수했기 때문이다. 흩어진 유대인 공동체에서 항쟁은 계속 일어났고 하드리안 황제 때 유대 남부에서 마지막으로 일어났다132-136. 이때 예루살렘이 완전히 파괴되었고 야훼 숭배도 금지되었다. 60만 명의 유대인이 죽거나 다른 곳으로 떠났고 명칭도 팔레스티나로 바뀌었다.

유대 전쟁과 역사는 유대 군사였던 요세피우스Josephus가 썼다. 그는 포로 잡혔지만 뛰어난 재능과 능력이 황제에 의해 인정받아 집필할 수 있었다. 그의 동족이 몰살당하고 핍박받는 것을 지켜보면서 과연 무슨 생각을 했을까? 기회주의자였을까 배신자였을까?

도시가 패망하면 역사에서 사라진다. 화려했던 트로이, 카르타고, 테베가 그러했다. 그러나 유대인은 달랐다. 땅이 초토화되어 각 나라에 뿔뿔이 흩어져 이방인으로 살았으나 똘똘 뭉쳐 공동체를 이루며 부를 축적했다. 무슨 운명인지 다시 시련이 다가와 그들은 세계 제2차 대전 때 독일 나치에 의해 대학살 당했다.

전쟁이 끝나면서 팔레스타인이 살고 있는 땅을 배당받았다. 흩어져 살던 유대인은 그들의 조상 땅에 돌아와 뿌리를 내리기 시작했다. 반대로 팔레스타인은 독 안에 든 쥐처럼 희망이 없이 갇혀 살고 있다. 슬픈 그들의 분쟁은 끝이 날 기미가 보이지 않는다.

로마는 왜 그리스도교를 박해했나
로마의 국교가 되기까지

네로 황제는 로마의 대화재64를 크리스천의 탓으로 돌리고 그들을 색출하여 처형하면서부터 박해가 시작되었다. 네로의 잔인함에 굴하지 않았던 순교자들의 용기 있는 행동은 오히려 그리스도교가 전파되는데 한몫했다.

유대인은 예수님이 그들을 로마로부터 해방시켜 주리라고 믿었는데 오히려 원수를 사랑하라 하고 한쪽 뺨을 때리면 다른 뺨까지 주라고 하니 실망했을 것이다. 물질세계는 잠시이며 영적인 자유는 영원하다. 하늘나라에서는 모든 인간이 공평하다고 한것은 소외당하고 핍박 받는 노예, 여자 그리고 낮은 계층의 사람들에게 희망을 주었다. 반면 권력자에게는 엄청난 위협이 되었다.

신자들은 관료의 눈을 피해 지하무덤이나 외곽 폐관된 채석장에서 몰래 만났다. 이것은 오해를 불러일으켜 그들이 피를 마시고 시체를 먹고 남녀가 혼음하는 사이비교라는 소문이 퍼졌다. 로마군이 그들을 잡으러 갔다가 오히려 전도되어 신자가 되기도 했다.

서기 2세기 로마의 인구가 늘자 무덤을 성 밖에 쓰도록 했다. 이때 지하무덤인 카타콤Catacomb이 생겼고 그곳에 모여 만남과 기도를 했다. 6세기에는 순교자만 안치되었다가 박해가 끝난 후부터 이용되지 않았고 10세

돌무덤과 지하 크리스천 벽화

기 후부터 방치되었다. 현재 40여 개가 발견되었으며 그곳에 벽화를 통해 초기 크리스천 역사와 예술을 볼 수 있다.

　로마는 황제를 숭배하는 한 어떤 신을 믿어도 상관하지 않았다. 그러나 크리스천이 이를 거부하자 반역으로 취급했다. 다른 신들을 화나게 하여 로마가 벌을 받을지도 모른다는 두려움도 있었다. 명상록을 쓴 철학 황제 마르쿠스 아우렐리우스는 그리스도교를 참혹하게 박해했다. 배교하면 풀어주겠다고 했으나 그들은 죽음을 선택했다. 채찍에 맞아 온몸이 찢어져 유혈이 낭자하고 속살이 드러나 창자까지 밖으로 터져 나왔다. 온갖 고문 후에 사나운 짐승의 밥으로 던져졌다.

박해가 심해질수록 신자의 숫자가 늘어나 3세기 때 로마 인구의 10%가 크리스천이 되었다. 사도 바오로의 전도와 순교로 그리스도교는 지중해 곳곳에 전파되었다. 예배의 절차가 정해지고, 태양신의 날인 일요일을 주님의 날인 주일이라고 하였다.

갈레리우스 황제는 사회가 불안정한 것이 크리스천 때문이라고 하여 어느 때 보다 혹독하게 박해했고 교회와 성서를 파괴하고 불태웠다. 국가적 차원에서 황제를 숭배하도록 하여 이를 거부하는 사람은 무조건 처형하였다. 그러던 어느 날 그의 몸이 썩어들어가는 병에 걸렸다. 그는 기독교를 절대로 없앨 수 없다는 것을 알았고 그들을 박해했기 때문에 벌을 받았다고 생각했다. 그래서 허락하기 시작했으며 황제를 위해 기도해달라고 했다.

로마를 통일한 콘스탄틴 황제가 밀라노 칙령에서 종교의 자유를 선포하였다313. 데오도시우스황제가 로마에 본부를 두고 그리스도교를 국교로 하면서 박해는 끝이 났다380. 십자가형과 검투사 경기를 금지했고 신전을 파괴하고 이교도의 축제는 그리스도교화 되었다. 봄가을 축제는 부활절과 크리스마스가 되었고 이집트의 오시리스 그리고 그리스의 아테나 여신은 성모의 이미지로 바뀌었다. 성직자에게 세금과 군대의 의무가 면제되는 등 많은 특권이 주어졌다. 이교도였던 부유한 귀족들이 서로 기독교의 주교가 되고자 하여 또 다른 비리를 낳으면서 고대가 막을 내리고 중세기로 들어가게 된다.

왼쪽으로 비스듬히 누워 식사를 하다
가문의 명예를 중요시한 귀족의 일상

고대 로마 귀족계층에서는 국가와 가문에 대한 충성 그리고 전통과 명예를 중요시했다. 아버지는 절대적 존재로 가족 구성원을 죽이거나 팔 권리도 있었다. 부친 살해는 가장 큰 범죄였고 살인자는 사나운 개 또는 뱀과 함께 자루에 넣어 꿰맨 후 강에 던져졌다.

사내아이들은 군사를 만들기 위한 것으로 응석을 받아주면 약해진다고 하여 거칠고 강하게 키웠다. 반듯한 신체를 위하여 꼭꼭 싸매 키웠고 차가운 물에 목욕을 시키기도 했다. 17세가 되면 성인식을 하고 시민임을 알리는 하얀 토가를 입었다.

귀족 가문에 가장이 죽으면 장례식을 성대하게 치르며 고인 생전에 업적을 장황하게 추모하였다. 이것은 젊은이들에게 언젠가 자신도 그렇게 되기 위해 최선을 다하게 하는 동기가 되었다.

공중목욕탕은 로마의 독특한 문화였다. 기원전 33년에 목욕탕이 170여개 그리고 3, 4세기에는 850여개가 있었다. 찬물 뜨거운 물 온도 조절이 되었고 목욕과 수영 그리고 사교의 장소이기도 했다.

연회를 할 때 신분과 권력에 따라 자리가 정해졌다. 한 소파에 세 사람이 왼편으로 비스듬히 누워서 오른손으로 먹었다. 이것은 이전 문명인 메소포타미아 앗시리아에서 부터 내려온 관습이다. 왼쪽으로 누우면 위의 위치상 많이 먹을 수 있고 식도 역류를 방지한다고 한다. 손으로 음식을 먹었으므로 수프나 국물 요리가 없었다. 냅킨을 사용했는데 입가나 손에 묻은 것을 닦는데 그리고 음식을 싸갈 때도 쓰였다. 배가 부르면 깃털로 목을 간질어 토하였다. 옆에 오줌 받는 통이 있어서 화장실에 가지 않아도 되었다. 죽은 자의 혼을 달랜다는 뜻에서 바닥에 음식을 던지기도 했는데 지하무덤을 의식해서였던 것 같다.

로마 시민의 이름은 세 개였다. 첫 번째는 아들이 태어났을 때 아버지가 지어주는 이름으로 16개 중의 하나를 선택해야 했다. 두 번째는 가문의 이름으로 귀족인지 평민인지 구별할 수 있다. 세 번째는 특성 또는 주어지는 명예로 정해진 별명이다. 여자에게는 중간 이름인 가문의 이름으로 첫째 둘째로 구별하였다. 그러니까 박 첨지네 첫째 딸, 둘째 딸, 셋째딸로 불렸다. 노예는 주인이 지어주는 별명 하나였다. 자유가 되면 전 주인의 이름을 첫 번째와 두 번째에 넣어 누구의 노예였는지 알 수 있게 했다. 예를 들어 박 첨지의 노예였던 돌쇠가 자유가 된 후에는 첨지 박 돌쇠가 되는 거였다.

보라색 반열에 오르다
로마의 의상 튜니카와 토가

로마의 의상은 그리스와 에트루리아의 것과 비슷하며 사회적 신분과 권위에 따라 색상과 장식이 달랐다. 바지는 야만족의 옷이라고 입지 않았고 기본적으로 모든 사람이 T 자 모양의 원피스인 투니카tunica를 입었다. 무릎까지 내려오며 허리띠를 맸다. 시민은 그 위에 토가Toga를 걸쳤다. 여자의 의상은 스톨라 Stolae라고 했다.

토가는 넓이 3m와 길이 6m가량의 끝이 뾰족한 반타원형 모양이다. 착용법이 따로 있으며 몸에 둘둘 감아 한쪽 어깨에 걸치고 발목까지 내려오게 했다. 주름을 잘 잡는 것이 포인트였고 흘러내리지 않게 바른 자세로 있어야 했으므로 명예와 위엄의 상징이 되었다. 토가는 유행을 따랐다. 초기에는 신체만 겨우 가릴 정도였지만 국력이 커지며 제정 초기에는 거창하고 화려했다. 후에는 지배계급만 입었다.

색상과 모양에 따라 신분이 구별되었다. 보라색은 황제만 입을 수 있었으므로 보라색 반열에 올랐다는 것은 황제 또는 정상에 올랐다는 뜻이 되었다. 색상은 7가지를 선호했다. 황실에서는 자색과 황금색, 철학자는 파랑, 신학자는 검정, 의사는 녹색, 예언자는 흰색으로 입었다. 시민은 장식이 없는 물감을 들이지 않은 천연색으로 입었다. 상복으로는 갈색, 회색, 검정을 사용했다.

보라색은 만들기 어려웠으므로 황제의 옷으로 그리고 원로원 토가의 테두리로 쓸 정도였다. 보라색 천은 지중해 동부 연안 페니키아에서 만든 것이 최상품이었다. 바다 고둥 천여 개를 부순 후 분비물을 추출해 햇볕에 말리면 겨우 1g 정도가 나온다. 이것으로 손수건 한 장 정도 물을 들였는데 그 가격은 지금 시세로 수천만 원이었다.

자유로웠던 이혼
로마 여성들의 삶

로마 여성의 사회적 결정권은 남자가 가지고 있었고 투표는 물론 공생활을 할 수 없었다. 검소 근면 순종 그리고 자식을 낳아 잘 키우고 집안을 다스리고 옷을 잘 짓는 것이 여성의 미덕이었다. 집안에서 교육을 받았고 많이 아는 것을 탐탁하게 여기지 않았다.

결혼은 20세까지 해야 했고 사촌 또는 조카와도 결혼 할 수 있었다. 귀족과 평민 결혼은 금지되었고 3세기가 되어서야 외부인이나 노예 또는 자유인과의 결혼이 성립되었다.

아버지가 죽으면 자식들에게 똑같이 재산이 분배되었으며 여자가 독립적으로 유산을 관리할 수 있었다. 군사로 있는 동안 결혼이 허용되지 않았으므로 아무리 오래 같이 살았어도 여자는 유산을 받지 못하고 아이들은 사생아가 되었다.

가문이 있는 집안에 결혼과 이혼은 사회적 정치적 목적으로 이용되었다. 여자는 남편과 아들을 통해 정치적 야망을 표출하였다. 3세기 때 시베루스가 14살에 황제가 되자 그의 어머니가 수렴청정했다. 며느리를 왕궁에서 쫓아내고 사돈을 처형했다. 그녀는 정치를 잘했다고 하나 외부 침략을 당해내지 못했다. 독일의 침략을 막아내기 위해 아들과 북쪽으로 갔다가 고립된 후 살해당했다.

여성 지위 향상에 대해 노력한 여자도 있다. 공화정 시대 스키피오의 딸 코넬리아는 시인, 철학자, 정치가로 구성된 문학 모임을 만든 첫 번째 여성으로 사회에서 존경받았다. 호르텐시아는 언변가의 딸로 철학 수사학에 능통했으며 기원전 42년 여자에게 나쁘게 영향을 끼치는 잘못된 법을 지적하여 고치는데 공헌하였다. 같은 때에 마크 안토니오의 아내 플비아 Fulvia는 정치에 관여하여 남편을 도왔고 도시를 방어하는데 직접적인 역할을 했다.

이혼은 어느 한쪽이 선포만 하면 되었다. 여자는 이혼하면 가져온 지참금을 다시 가져갈 수 있었으므로 남자들이 함부로 하지 못했다. 6개월 이전에 재혼해야 했고 사별하면 1년 안에 해야 했다. 12살에 결혼하여 다섯 명의 아이를 낳고 스무살이 되기 전에 아이를 낳다 죽었다는 이야기도 있다. 이런 경우가 흔해 이혼하지 않고 몇 번이나 결혼하는 수도 있었다.

여자가 죽으면 그녀의 업적이 묘비에 적혔는데 그것은 남편이 그녀에게 잘해 주었다는 것을 알리기 위한 것으로 순결하고, 복종하고, 친절하고, 전통적이고, 검소하고, 신앙심이 깊고, 정숙하고, 옷감을 잘 짰다는 내용이었다.

매춘이 허락되었고 이것은 가난한 여자의 밥벌이였다. 반면 여사제 베스타가 처녀성을 잃은 것이 발각되면 죽임을 당했다. 임기는 30년으로 처음 10년은 의무를 배우고 다음 10년은 의식을 치르고 여사제로 활동하다가 마지막 10년은 새내기 여사제들을 가르쳤다. 영향력이 있고 사회에서 존경을 받았지만 도덕적 테두리 안에서였다.

소원 성취의 샘, 트레비 분수
바로크 양식의 걸작품

1세기 때 멀리 떨어진 곳에서 도시까지 여러 개의 수도관이 설치되어 도시 전역에 물이 공급되었다. 이민족의 침입으로 파괴되었다가 15세기 교황이 로마를 재건할 때 보수하였고 광장에 분수대를 설치하였다.

트레비 분수는 우물이 있었던 곳이다. 전쟁에 나간 애인이 무사히 돌아오라고 돈을 던지며 기도한 것이 유래가 되어 소원 성취의 샘이 되었다. 이십여 년 전 아이들과 함께 갔을 때 동전을 어깨너머로 던지면 다시 올 수 있다는 말에 무심코 그렇게 했는데 그 이후 세 번을 더 다녀왔다. 물속에 있는 돈은 국제 빈민 구호 단체에 기부금으로 쓰인다.

현재의 모습은 1732년 교황 클레멘스 때 만들어졌으며 바로크 양식의 마지막 최고의 걸작품이다. 바다의 신 포세이돈이 있고 그의 아들 트리톤이 말을 끈다. 왼쪽 날뛰는 말은 풍랑이고 오른쪽 말은 고요한 물이다. 네 명의 여인은 사계절을 뜻한다. 맨 위에 새겨진 글자는 교황 클레멘스 12세가 "처녀의 샘"〈AQVAM VIRGINEM〉을 장식했다는 뜻이다.

트레비 분수

바람의 파노라마_고대로마 시칠리아 이탈리아

스페인 광장 계단 앞에 있는
바르카차 분수대
1598년 테베레강이 넘쳐 홍수가 났을
때 작은 배가 물에 휩쓸려 이곳 광장까
지 밀려들어 와 물이 빠졌는데도 배가
광장 그대로 남아 있었던 것을 기념하
기 위해 만든 것이다.

바르카차 분수대가 있는 광장

빨간 원뿔 모자를 쓰다
자유가 된 노예

전쟁에서 이길 때마다 수많은 사람을 잡아다 노예로 삼았다. 생각하면 참 잔인한 일이다. 아니, 너무 심해 감각이 무뎌진다.

기원전 3세기 삼나이트와의 전쟁에서 5만5천 명, 기원전 2세기 그리스 북쪽 에피루스 왕국에서 15만 명, 제3차 퓨닉 전쟁과 갈리아 전쟁에서 몇 백만 명이 노예로 잡혀 왔다. 공화정 말기와 1세기 전후로 로마 인구의 세 명당 한 명은 노예 그리고 한 명은 노예에서 풀린 자유인이었다. 옷으로 노예를 구별하고자 했으나 너무 많아 오히려 위협적이라고 하여 무산되었다.

전쟁터에는 아예 노예 매매 상인이 따라다니며 군사들이 잡은 노예를 델로스Delos 섬에 있는 노예시장에서 팔았다. 많을 때는 하루에 만 명의 매매가 있었다. 노예의 기술이나 능력에 따라 가격이 달랐고 임시로 빌리기도 했다.

주인은 노예를 죽일 수 있었으니 폭력을 가하는 것은 아무것도 아니었다. 주인의 이름과 주소가 새겨진 개 목걸이 달아 놓아 도망가지도 못했다. 노예가 주인을 죽이면 그 주인에게 딸린 노예를 다 죽였다. 노예가 낳은 자식도 노예가 되었다. 시민이 빚을 갚을 수 없거나 죄를 지어도 노예로 들어갔다. 돈이 필요한 아버지가 자식을 노예로 팔거나 버려진 아기를 데려다 노예로 키웠다.

시골과 도시 노예의 생활은 아주 달랐다. 시골 노예는 시칠리아나 남부에 있는 대농장이나 광산과 채석장에 끌려가 동물 취급당했다. 발목에 사슬이 묶인 채 밭에서 농사를 짓거나 땅을 팠다. 밤에는 감옥 같은 지하에서 잤다.

도시 노예는 천차만별이었다. 그리스에서 볼모로 잡아 온 학자와 지성인 그리고 기술자는 좋은 가문에 들어가 비서, 교사, 재정관리를 하며 돈을 받았고 대우도 좋았다. 그들은 돈을 모아 자신과 부인 그리고 아이들의 자유를 살 수 있었다.

자유가 되는 절차는 아주 간단했다. 법무관이 막대기로 노예의 어깨에 대면 되었다. 그러나 법을 어기면 주인이 다시 노예로 만들 수 있었으므로 완전한 자유는 아니었다. 남자는 공직에 나갈 수 없었고 여자는 원로원과 결혼할 수 없었다. 주인을 법정 소송할 수 없었고 아버지와 아들 관계처럼 자유를 준 주인한테 충성하고 매년 얼마 동안 그들을 위해 일해야 했다. 투표할 때도 전 주인을 뽑아야 했다. 주인과 같은 일을 하려면 다른 지역으로 떠나서 하거나 그렇지 못하면 돈으로 보상해야 했다. 합법적인 마피아 조직이 아닌가 싶다.

자유가 된 노예는 빨간 원뿔 모자를 썼다. 요즈음 생일 때 어른이고 애들이고 우스꽝스러운 고깔모자를 씌우는데 무슨 연관이 있는 것은 아닌지.

6

고대 그리스와 로마가 만나다
아름다운 섬 삼발이 시칠리아

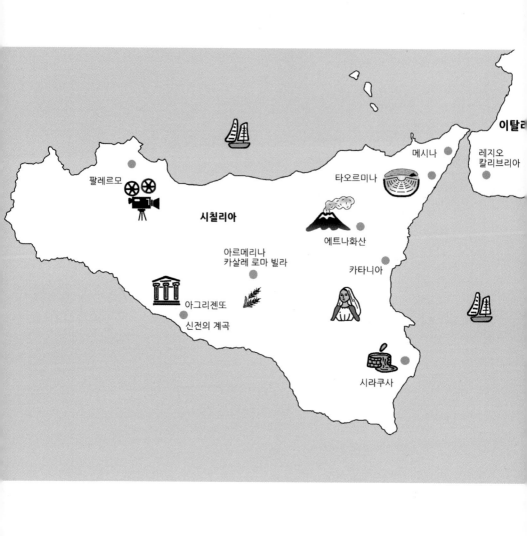

이탈리

레지오
칼리브리아

메시나

타오르미나

시칠리아

팔레르모

에트나화산

아르메리나
카살레 로마 빌라

카타니아

아그리젠또
신전의 계곡

시라쿠사

룸 101
카타니아에서 첫 날

거대한 고래같은 비행기는 애틀랜타를 떠나 6시간동안 하늘을 헤엄쳐 로마의 상공을 맴돌다 착륙했다. 그리고 갈아탄 자그마한 것은 50분 동안 비행하여 시칠리아 카타니아에 도착했다. 예약한 택시는 분해될 듯 덜컹거렸지만 복잡한 도로를 요리조리 잘도 빠져 나갔다.

인터넷에서 예약한 저렴한 호텔은 혹시나 했으나 역시나였다. 사진과 실제가 다르다는 것을 알면서 기대한 것이 잘못이다. 엘리베이터는 두 명이 들어가면 딱 맞을 공간이다. 방 번호가 101이기에 일 층인 줄 알았더니 이 층이다. 내리자마자 방이 있다고 하여 키를 넣고 아무리 돌려도 열리지 않았다. 우리 숙소는 바로 그 옆이었다.

실내는 모양새를 갖춘 원더랜드였다. 티브이를 켰으나 자막이 없으니 알아들을 수가 없다. 전화기가 있으나 사용하는 방법이 없다. 욕실 수도꼭지의 용도를 알아내는 것은 모험이다. 아예 작동이 안 되는 것도 있다. 변기가 너무 높아 두 다리가 공중에서 대롱거렸다. 헤어드라이어기 소리에 기겁을 했다.

여행 첫날 식사는 늘 설렌다. 자유 여행
에서 좋은 것은 현지 사람이 즐기는 맛집
에서 먹을 수 있다는 것이다. 늦은 시간
인데도 사람들이 왁자지껄했다. 무슨 말
인지 알아들을 수가 없었다. 메뉴판에 그
림을 보며 손가락으로 문어, 스파게티, 오
징어 요리를 시켰다. 한 시간 지났는데도
음식이 나오지 않아 빵과 포도주로 배를
채웠다. 알딸딸해지며 그냥 가도 될 것
같은데 그제야 음식이 나왔다.

물컹한 것을 좋아하는 입에 알덴테 스
파게티는 약간 덜 익은 느낌이다. 그것이
최고의 맛이라고 하니 미각에 입력시켜 놓았다. 조개 요리는 입에서 살살
녹았다. 오징어 요리는 삼십 분 후에 서야 나왔다. 일각이 여삼추인 관광
객에게는 고문 아닌 고문이다. 사람들이 한 잔들 했는지 화기애애 떠들썩
하다. 남자들끼리 양쪽 볼과 입에 키스하는 것이 관습인지 이례적인지 익
숙치 않다.

다음날 카타니아 해안가 수산 시장에서 깔때기에 담아 준 멸치 오징어
해물 튀김은 일품이었다. 바다의 향이 가미된 갓 튀긴 생선의 신선함에
저렴한 가격이 한 몫을 더했다.

베란다 빨랫줄에 널어놓은 옷가지가 상큼한 지중해의 바람에 바싹 말
라 있었다. 덜덜 빵빵 돌아가는 냉방기 소리에 잠을 설쳤다. 그래도 없는
것보다 나았다. 샤워실에 물이 제대로 빠지지 않았다. 그래도 뜨거운 물
이 나와 좋았다. 은은한 달빛은 빨간 망사 커튼 사이로 들락이며 비몽사
몽 과거와 미래가 만나 밀애를 즐기고 있었다.

고대 그리스와 로마가 만나다
아름다운 섬 삼발이 시칠리아

그리스에 크레타섬이 있다면 이탈리아에는 시칠리아섬이 있다. 고대 그리스와 로마의 흔적이 남아있는 아름다운 자연경관은 경이롭기 짝이 없다. 만 이천 년 경부터 사람이 살았던 흔적이 있고 그리스의 첫 번째 문명이라고 할 수 있는 미케네의 영향을 받았다. 기록이 시작된 것은 기원전 750년경으로 3개의 북아프리카 타르타고와 12개의 그리스 식민지가 있었다.

시칠리아는 지중해에서 가장 큰 섬으로 제주도보다 13배 정도가 크다. 이등변 삼각형의 모양으로 북쪽과 남서쪽 해안의 길이가 280km 그리고 동쪽 해안은 180km 된다. 꼭짓점에는 주요 도시 팔레모로, 메시나, 시라쿠사가 있다.

삼각형 모양이라 하여 고대부터 트라이나크리아Trinacria 문양이 쓰였으며 2004년부터 이곳 공식 깃발이 되었다. 아름다운 해안은 세 개의 여성의 다리가 되었고 풍요를 뜻하는 밀알 이삭이 달려있다. 가운데 머리는 바라만 봐도 돌

이 된다는 메두사의 얼굴이다. 그리스 영웅 페르세우스가 그녀의 목을 잘라 아테나 여신에게 주었고 그녀는 그것을 방패와 가슴에 달았다. 이것은 아테나 여신의 보호를 받아 악운을 물리친다는 상징이 되었다. 붉은 색과 노란색 배경은 프랑스 왕가에 대항하기 위해 처음 연합도시가 된 팔레르모와 콜레오네를 상징한다.

이 문양은 고대 미케네 문명에서 퍼져 나갔다고 하는 데 삼이란 숫자는 완벽함을 뜻한다. 그리스도교는 삼위일체의 교리에 근원을 둔다. 그리스 델피 신전에서 여사제들이 신령을 받을 때 앉았던 것도 삼발이 의자였다.

시칠리아는 기원전 242년에 로마에 의해 정복되었다. 제국 이후에는 독일 게르만5세기, 동독 부족5세기 후반, 비잔틴동로마. 6세기, 아랍 사라센 시대9세기, 노르만11-12세기, 스페인13-18세기의 지배를 받았다. 그 후 시칠리아 왕국이 되었다가 1861년 이탈리아 왕국에 속하게 되었다. 여러 나라의 지배를 받는 동안 파괴와 재건이 반복되면서 다양한 문화의 흔적이 남아있다.

지중해성 기후로 겨울엔 따뜻하고 강수량이 고르고 화산으로 땅이 비옥하다. 밀, 올리브, 포도 재배는 고대 로마를 먹여 살렸다. 현재는 피스타치오, 알몬드, 토마토, 오렌지, 레몬 등 각종 농산물과 과일이 풍부하다. 시칠리아 요리는 이탈리아로 퍼져 나가 세계적으로 유명하다.

이탈리아로 편입된 뒤 경제가 발전하지 못했다. 1908년 메시나 화산 폭발로 8만 명이나 죽었다. 19세기 말과 20세기 초 가난을 피해 사람들은 미국이나 아르헨티나 등으로 퍼져 나갔다. 젊은이들은 직장을 찾아 내륙으로 올라가고 도시는 관광사업에 의존하고 있다. 그러나 이곳 사람들은 그들이 로마보다 오랜 역사와 문화를 가지고 있다는 것에 자부심을 가지고 있다.

용암 위에 지어진 축복의 도시

카타니아

카타니아는 울퉁불퉁한 땅, 날카로운 돌, 거친 흙이란 뜻이다. 시칠리아 동쪽 해안에 있고 두 번째로 큰 도시이다. 1434년에 시칠리아에서 최초의 대학이 세워졌다.

근처에 있는 에트나 화산은 계속 폭발하고 있으며 그중에 1669년에 가장 큰 것으로 용암이 도시 전체를 덮었다. 현재의 모습은 그 후에 다시 지어진 것이다. 재앙이지만 화산재로 인해 땅이 비옥하게 되어 곡식과 포도 재배가 왕성하게 되는 축복도 가져다주었다. 사람들은 이것을 박해 때에 순교한 성녀 아가타의 보호라고 믿고 있다.

카타니아는 코끼리의 마을이란 뜻으로 두오모 광장에는 분수대 위에 이집트 아스완에서 가져온 오벨리스크를 용암으로 만든 코끼리가 받치고 있다. 비잔틴 시대에 만들어진 것으로 사람들은 이것이 적으로부터 막아주고 불행, 전염병, 자연재해로부터 보호해준다고 믿었다. 이 코끼리는 그리스 신화에 나오는 외눈박이 거인 싸이클롭스 전설의 기원이 되기도 했다. 난쟁이 코끼리의 뼈는 인간 해골에 두 배가 되고 중앙에 커다란 콧구멍이 있는데 이것을 외눈이라고 생각했기 때문이다. 얽힌 이야기로는 이곳 어느 귀족이 성직자가 되고 싶어 코끼리를 타고 콘스탄티노플로 다녔다고도 하고 그가 코끼리로 변신했다고도 한다.

뜨거운 불을 이겨낸 순교 성녀
아가타와 루치아 가슴과 눈이 되어 주다

그리스도교 박해 때 순교자들의 용기와 의지는 사람들에게 연민과 동정을 느끼게 했고 그리스도교가 전파되는 데 큰 역할을 했다. 가톨릭 성찬 전례에서 기념하고 있는 네 명의 순교 성녀 중 아가타와 루치아는 시칠리아 카타니아에서 그리고 아녜스와 체칠리아는 로마에서 비슷한 시기에 순교하였다. 그들은 하나 같이 귀족 가문의 딸로 좋은 조건의 남자와 결혼을 마다하고 신앙을 지켰다. 온갖 수모와 고문을 당해도 배교하지 않았고 오히려 그것을 감당할 수 있게 해주신 주님께 감사드렸다. 그들의 순교는 성녀에 대한 공경을 불러일으켰다.

아가타Agatha, 230-251는 시칠리아 카타니아에서 태어났으며 "선하다"라는 뜻이 있다. 유명한 가문의 딸로 태어나 곱게 자라면서 자신을 주님께 서원하였다. 총독이 청혼했으나 거절당하자 그녀를 잡아다 감옥에 가두었다. 벌겋게 달군 쇠집게로 그녀의 가슴을 도려내도 뜻을 굽히지 않자 불에 서서히 구워 죽였다. 그녀가 죽은 지 일 년 후 화산 폭발로 카타니아가 위기에 처했다. 주민들이 아가타의 무덤으로 달려가 도와 달라고 하자 용암이 마을 입구에서 멈추었다. 그리하여 그녀는 화산과 지진으로부터 보호 성녀가 되었다.

성녀 아가타는 잘려나간 유방을 접시에 받쳐 들고 있거나 쇠집게를 들고 있는 모습으로 묘사된다. 화상으로 고통받는 자, 강간 피해자, 유방암에 걸린 사람, 보모, 간호사의 수호성인이 되었다. 카타니아에서 2월 초에 열리는 축제에는 그녀의 가슴을 상징하는 아가타빵을 축성하는 관습이 생겼다.

성녀 루치아Lucia, 283-304는 시라쿠사에서 태어났다. 그녀의 이름은 '광명' 또는 '빛'의 뜻이 있다. 결혼을 서두르는 어머니가 갑자기 불치병에 걸리자 많은 순례자가 찾고 기적이 일어난다는 아가타 무덤을 찾아가 기도하였다. 집에 돌아와 어머니의 병이 호전되었다. 그녀는 어머니를 설득하여 혼수로 장만한 것을 가난한 사람들에게 나누어 주었다. 청혼을 거절하자 고발당하여 매음굴로 보내졌으나 그녀의 신심은 변하지 않았다. 고문을 받는 동안 총독에게 벌을 받을 거라고 오히려 호통을 치자 그들은 그녀의 눈을 빼버렸다. 불타는 장작 위에 올려졌으나 죽지 않자 참수형에 처했다.

장례를 치르는데 그녀의 눈이 제자리에 와 있었다고 하여 그녀는 눈의 수호자가 되었다. 접시에 자신의 눈알을 들고 있거나 종려나무 가지를 든 모습으로 표현된다. 그녀를 기리는 축제가 12월 13일 아르키메데스 광장에서 열린다. 루치아의 두 눈망울은 빛난 별이 되어 오늘 밤도 창공에서 반짝이고 있다.

어머니의 산 에트나

하늘이 닿는 산봉우리에
모락모락 잠시 숨을 고른다
역정의 끝인지 시작인지
폭발하는 날 모두 공포에 떨었다
내리치는 어머니의 회초리
눈앞이 번쩍이고 하늘이 노랬다
파도가 모래의 발자국을 쓸어가듯
흘러내리는 검붉은 눈물은
땅 위에 오랜 흔적을 태웠지만

파괴는 창조를 낳았다
따끔하게 혼이 나고도
엄마 품에 안기는 아기처럼
섭리에 순종하며 감사드리며
넘어지면 또 일어난다
언제 어떻게 터질지 모르나
내일은 내일이고
오늘을 위해 다시 집을 짓는다

언제 터질지 모르는 활화산 에트나
헤파이스토스와 티폰이 묻히다

에트나산은 카타니아에서 북서쪽으로 29km 떨어져 있으며 3,350m로 유럽에서 가장 높은 활화산이다. 일반 차는 2,000m 되는 전망대까지 올라갈 수 있다. 그곳에서 케이블을 타고 일천 미터 더 올라간 후 전용 버스를 타고 꼭대기까지 간다.

정상에는 규모 500m×800m 화구가 있다. 약 50만 년 전부터 아프리카판과 유라시아판이 충돌하여 화산 활동이 일어났다. 8천 년 전에 일어났던 화산으로 인한 거대한 쓰나미는 시칠리아 섬의 지형을 바꾸어 놓았다. 분화구가 여러 개 있으며 크고 작은 화산 활동으로 높이와 위치가 매년 변하고 있다. 2013년 유네스코 세계유산에 등재되었다.

1669년에 흐른 용암은 열 개의 마을을 집어삼켰다. 그 후 20번이나 더 폭발했다. 세계 제2차 전쟁 때 주둔 하던 미군은 흘러내린 용암에 핫도그를 구워 먹었다고 한다. 1983년 4개월 동안 계속되는 폭발로 용암이 흐르는 방향을 바꾸기 위해 다이너마이트를 터뜨렸다. 밟고 다니는 암석은 20년이 채 안 된 것이고 사막을 걷듯 발이 패여 걷기가 수월하지 않다. 바닥에는 아직 열기가 있고 잠든 사자가 언제 깰지 모른다.

화산의 명칭은 대부분은 남성인데 에트나는 여성이다. 에트나는 아이트네Aitne에서 유래되어 "나는 타오른다"라는 뜻이 있고 이탈리아어로는

에트나산

"아름다운 산"이다. 그녀는 대지의 여신 가이아와 바다의 신 누스의 딸로 시칠리아섬의 아름다운 요정이었다. 섬의 소유를 놓고 다투는 대장장이 불의 신 불칸헤파이스토스 그리스과 풍요와 곡식의 여신 세레스데메테르 그리스 사이에서 중개 역할을 하며 평화를 유지했다.

이곳에 헤파이스토스와 무시무시한 티폰이 갇혀있다. 그들이 꿈틀거리거나 몸부림칠 때 화산이 터진다. 그들은 태어난 자체가 사랑에 의해서가 아니라 복수하기 위한 대상으로 태어났다. 제우스가 아테나를 혼자 낳은 것에 화가 나서 그의 아내 헤라가 헤파이스토스를 혼자 낳았다. 제우스가 제멋대로 하자 그의 어머니 가이아가 그를 혼내주려고 지하세계의 타르타로스와 결합하여 티폰을 낳았는데 그는 모든 신을 다 합쳐도 당해 낼 수 없을 만큼 힘이 셌다.

산 위에 올라가면 춥다고 하여 옷을 대여해주는 곳이 있다. 오뉴월에 설마 했다. 갑자기 추워지긴 했지만 잠시였고 그곳의 열기로 곧 따뜻해졌다. 정오가 되면 더운 공기와 찬 공기가 마주쳐 구름이 끼므로 오전에 가야 한다고 했다. 때가 되자 구름이 서서히 하늘을 덮었다. 관광객을 태운 버스들이 계속 오르내리면서 품어 내는 먼지가 걸어 올라가는 사람을 투명인간으로 만들었다.

산에서 내려와 산허리를 따라 달리다가 가이드가 우리 일행을 입구가 보이지도 않는 자그마한 동굴로 안내했다. 헬멧을 쓰고 허리를 굽혀 들어가는데 깜깜해 전등이 없으면 아무것도 보이지 않는다. 용암이 흘러내려가는 과정에서 공간이 생겼으며 이십여 미터 거리에 1,150m 낭떠러지가 있다. 그 위험한 곳에 축 늘어진 줄 하나가 쳐 있을 뿐이다. 언젠가 관광객이 셀폰을 찍다가 떨어져 죽었다고 한다. 뒷덜미가 섬짓했다.

바람의 파노라마 _ 고대로마 시칠리아 이탈리아

괴테와 니체로부터 극찬 받다
가장 아름다운 휴양지 타오르미나

　메시나Messina는 시칠리아섬에서 세 번째로 큰 도시로 지중해 해상 교통의 요지이자 전략적으로 주요한 지역이었으므로 침략이 잦았다. 이탈리아 내륙과 3.2㎞ 떨어져 있고 좁은 곳은 1.8㎞가 된다. 다리를 건설하려고 하지만 물살이 세고 거칠어 미루어지고 있다고 한다.

　14세기 아시아로 원정 나갔다 돌아온 선원들이 처음으로 이곳 항구에서 유럽을 강타한 흑사병을 퍼뜨린 곳이기도 하다. 1908년 지진과 관련된 쓰나미로 십만 명이 죽고 고대 건축물이 파괴되었다. 1943년 제2차 대전

타오르미나(Taormina)

때 연합군의 폭격으로 도시 삼 분의 일이 파괴되었다.

타오르미나Taormina는 메시나에서 가장 아름다운 관광지이자 휴양지로 타우로 산기슭 절벽250m에 있다. 외세의 침입을 피해 사람들이 이곳으로 와 성을 쌓고 마을을 형성했다.

고대 그리스와 로마의 유적지가 많이 남아있다. 돌출된 산 암벽을 깎아 만든 반원형 야외극장은 그리스 건축 양식으로 로마 제국 때에 지어졌다. 5,400명이 앉을 수 있으며 서쪽의 에트나산과 앞쪽으로는 이오니아해가 보인다. 오데온Odeon 극장과 나우마키아Nawmache는 로마인들이 해상전 투를 재연하면서 즐겼던 곳으로 물을 채울 수 있는 저수지가 있고 중세기 에 지은 건물이 있다.

이탈리아가 통일된 후 이곳을 다녀간 괴테, 니체, 모파상, 오스카 와일드 가 극찬하였다. 19세기 독일 사진작가가 나체 소년의 사진을 찍은 것이 인기 를 얻은 후 성 소수자들이 즐겨 찾는 곳이기도 하다. 2017년에 43번째 G7 정 상 회담이 있었고 매년 음악회 팝, 록, 클래식 오페라 영화 축제가 열린다.

오데온(Odeon)극장

디오니시우스의 귀와 오르티지아 섬
시라쿠사에 얽힌 이야기

지중해 바람에 흐뜨러진 가이드의 거친머리를 보는 순간 가슴이 섬뜩했다. 뱀이 똬리를 튼 머리를 하고 있는 바라만 보아도 돌로 변하게 하는 메두사의 이야기가 어떻게 탄생했는지 그 기원을 알 것 같았다.

시라쿠사Siracusa는 카타니아에서 해안가 남쪽으로 60km 떨어져 있다. 고대 그리스에서 아테네 다음으로 큰 도시였다. 2005년 도시 전체가 유네스코에 등재되었다. 신시가지와 구시가지로 나뉘는데 신시가지에 고고학 공원이 그리고 구시가지에는 오르티지아Ortygia 섬이 있다.

고고학 공원에는 석회암 채석장이 있고 암석 묘지, 만 명을 수용할 수 있는 암석 원형극장, 450여 마리의 소를 희생제물로 바쳤다는 제단 등 다양한 유적지가 있다. 이곳에 높이 23m, 깊이 63m 되는 동굴이 있다. 자연적으로 또는 인공적으로 만들어졌다고 왈가왈부하지만, 자연적으로 형성된 공간을 이용했을 확률이 클 것 같다.

　입구는 S자로 되어 있고 꼭대기가 오므라져 있는 것이 인간의 귀의 모양이다. 지금은 구멍이 닫혀 밖에서 들을 수 없으나 당시에는 음향이 16배의 크기로 증폭되어 자그마한 소리도 들렸다고 한다. 동굴 안에 들어가면 소리가 반사되어 윙윙 크게 들린다. 폭군이었던 디오니시우스 1세는 반대하는 사람, 노예 그리고 그리스 포로를 이곳에 가두어 놓고 도청했다. 낮말은 새가 듣고 밤말은 쥐가 듣는다지만 그는 밤낮으로 들었다. 비밀 계획을 알아내기도 하고 포로가 고문을 당할 때 지르는 소리를 즐겨 들었다고 한다. 그리하여 정치적으로 비밀리에 도청하는 것을 디오니시우스의 귀Ear of Dionysius라고 한다.

　신도시와 다리로 연결된 구도시 오르티지아 섬에 아레투사Arethusa의 샘이 있다. 바다 바로 옆에 있으나 민물이 고여 연못을 이룬다. 이집트의 파피루스가 자라며 오래된 올리브 나무가 있다.

아레투사는 아르테미스 여신을 섬기며 사냥을 즐겼던 아름다운 소녀였다. 하루는 덥고 지쳐 은빛 버드나무 아래 알페우스Alpheus 강에서 물놀이를 하고 있었다. 그런데 갑자기 발밑에서 무엇인가 움직였다. 알페우스였다. 깜짝 놀라 물 밖으로 뛰쳐나와 죽을힘을 다해 도망갔지만 그를 당해 낼 수 없었다. 그녀는 아르테미스 여신에게 도움을 청했다. 그러자 여신은 그녀를 샘으로 만들어 오르티지아

까지 바다 밑으로 터널을 뚫어 솟아 나오게 했다. 알페우스도 그녀를 따라 흘러가 서로 만나 그곳에 그리스 꽃이 피었다. 그리스 알페우스 강에서 나무 컵을 던지면 이 연못에 떠오른다나. 그러니까 해저 터널은 이미 그리스 신화에서 설계되었다.

이곳 광장은 모니카 벨루치가 주연한 영화 〈말레나〉의 배경이기도 하다. 세계 제2차 대전 때 남편이 전쟁터에 나갔고 한 소년이 그녀를 지켜보았다. 그녀가 남자들의 눈길을 받자 여자들의 시기와 질투를 받았고 전쟁 중에 나치의 시중을 들었다고 하여 마을에서 쫓겨났다. 남편이 돌아오자 소년이 그녀의 소식을 알려 주었다. 그 둘은 다시 합쳐지고 그녀를 지켜보며 성장통을 겪은 13세 소년은 성인이 되어 그녀를 마음에서 놓아 준다.

이곳에 눈물의 성모상이 모셔진 성모 마리아 성당이 있다. 1953년 어느 가정집에 있던 성모상에서 며칠 동안 눈물이 흘러내렸다고 하며 바티칸에서 인정하는 기적 중에 하나이다.

시라쿠사 대성당

바람의 파노라마_고대로마 시칠리아 이탈리아

시라쿠사

오르티지아 연못

"내 원을 건드리지 마라"
유레카를 외친 천재 수학자 아르키메데스

시라쿠사는 지중해의 강력한 도시로 기원전 5세기에는 스파르타와 코린토의 영역이었다. 로마는 다른 도시는 쉽게 정복할 수 있었으나 시라쿠사만큼은 2년이 걸렸다. 그것은 아르케메데스Archimedes, BC287-BC212의 방어 무기 때문이었다.

아르키메데스는 천재 수학자로 가우스와 뉴턴과 함께 역대 3대 수학자로 꼽히고 있다. 그는 그리스 수학자 피다고라스의 원리를 익혔고 구와 원기둥의 표면적, 넓이와 부피를 계산하는 공식을 만들었다.

"아르키메데스의 원리"는 무게는 같더라도 물질의 밀도와 부피가 다르다는 것이다. 뉴턴이 떨어지는 사과를 보고 중력을 알아냈듯이 그 또한 일화가 있다. 당시 왕이 전투에서 승리한 기념으로 신에게 바칠 순금 왕관을 만들어오라고 금세공하는 사람에게 황금을 주었다. 그런데 그가 은을 섞어 금을 횡령했다는 소문이 돌자 왕은 아르키메데스에게 사실을 밝혀내라고 했다. 방법에 대해 고민하던 중 목욕통에 몸을 담그자 물 높이가 올라가는 것을 보았다. "알아냈다. 유레카! Eureka"를 외치며 너무 흥분해 벌거벗은 몸으로 뛰쳐나갔다. 이것은 사람들이 이해하기 쉽도록 지어낸 이야기라고 한다.

왕은 아르키메데스에게 이집트에 선물로 보낼 거대한 함선을 만들라고 했다. 당시 것보다 오십 배가 더 크고 천 명이 들어가도록 하는 것인데 타이태닉의 크기였다. 그는 부력의 원리를 이용하여 배를 뜨게 하고 나선형 양수기로 속이 빈 긴 원기둥에 회전축을 돌려 물을 퍼 올렸다. 이것은 오늘날에도 쓰이고 있다.

시라쿠사의 항구는 요새화되어 있었다. 로마는 엄청난 무기를 싣고 와 공격을 가했으나 맥을 못추었다. 아르키메데스는 투석기, 톱니바퀴, 지레의 원리와 도르래를 사용하여 다가오는 배를 향해 갈고리를 던진 다음 지렛대로 배를 전복시켰다. 또한, 화경으로 햇볕을 모아 그들의 배를 태웠다. 끈질기게 방어했으나 더 끈질기고 후퇴란 없다는 로마 군대에 상당한 손실을 끼쳤으나 결국 함락되었다.

그는 로마 군사의 칼에 찔려 죽었다. 그들이 집에 쳐들어온 와중에도 아르키메데스는 미동하지 않고 문제 푸는데 몰두하였다. 일촉즉발의 순간에 오히려 "내 원을 건드리지 마라"고 하며 혼을 내 로마 군사의 심기를 건드렸을 것 같다. 로마 대장은 죽이지 말라고 하였다는데 절대 복종하는 로마 군사가 명령에 따르지 않았다는 것이 이해가 안된다. 체면을 세우기 위한 로마의 변명이 아닌지.

유네스코 로고가 된 콘코디아 신전
신전의 계곡 아그리젠또

그리스가 기원전 8세기 식민지화한 이탈리아 남부와 시칠리아 지역을 마그나 그라치아Magna Graecia라고 한다. 그 흔적을 잘 볼 수 있는 곳은 시칠리아 중남부에 있는 아그리젠또Agrigento이며 이 도시는 시라쿠사 다음으로 큰 도시였다. 비옥한 땅은 농경지로 썼고 거칠고 바위가 있는 산등성이에는 지평선을 따라 20여 개의 신전과 성벽을 지어 신전의 계곡Valley of the Temples을 만들었다. 로마가 이곳을 포위하여 사람들이 굶어 죽자 결국 항복하였다BC210. 곡물과 광산으로 로마의 부를 가져오는 큰 역할을 했다. 신전들은 기원전 5세기 초 북아프리카 카르타고의 침입으로 파괴되거나 지진으로 무너졌다.

현재 7개의 신전이 발굴되었는데 신전 입구는 태양이 떠오르는 동쪽을 향해 있다. 단조롭고 묵직한 도릭 건축양식의 신전이 집결된 가장 넓은 유적지이다. 1997년에 세계 문화 유적지에 등재되었으며 콘코디아Concordia 신전의 정면 삼각형 모양은 유네스코에 로고가 되었다.

콘코디아하모니아 그리스는 조화와 평화를 중재하며 안전과 행운을 가져다주는 화합의 여신이다. 그녀는 전쟁의 신 아레스와 미의 여신 아프로디테의 딸이었고 고대도시 국가 테베를 건국한 카드무스의 아내가 되었다. 그들이 결혼할 때 올림포스 12신이 모두 참석하였다.

이 신전이 잘 보존된 이유는 6세기 말 교회로 사용되었기 때문이다. 후에 마을 주민의 모임 장소로 이용되었다. 그 외 제우스, 헤라, 쌍둥이 캐스터와 폴폭스, 힘의 장사 헤라클레스 그리고 치유의 신이 된 아스클레오피우스 신전의 유적이 있다.

신전 앞 바닥에 넘어져 있는 청동상은 2011년 폴란드 조각가 이고르 미토라이Igor Mitoraj의 작품이다. 그는 크레타섬에 미노스 문명 BC1700-BC1400때 미궁을 지은 천재 건축가 대달루스의 아들 이카루스이다. 그들은 아테네의 왕 테세우스가 미궁을 빠져나가게 해 준 것과 관련되어 미궁에 갇히게 되었다.

대달루스는 날아서 탈출하는 것을 고안해 아들에게 날개를 달아 주며 너무 높게 너무 낮게도 말고 적당한 높이에서 날아가라고 하였다. 그러나 아버지 말을 잊고 하늘 높이 날다가 그만 날개를 붙였던 왁스가 녹아 바다에 떨어져 죽었다. 대달루스는 시칠리아 남동쪽에 있는 아그리젠또에 다다랐다. 그를 기리는 축제가 열린다고 하는데 그가 발명한 것이 어느 정도 되는지 궁금하다.

신전의 계곡 (Valley of the Temples)

바람의 파노라마 _ 고대로마 시칠리아 이탈리아

모자이크의 천국
아르메리나 카살레의 로마 빌라

카타니아에서 동쪽으로 두 시간 가면 로마 제국 때 가장 중요했던 곡창지대의 하나인 아르메리나Armernia가 나온다. 이곳에서 3km 떨어진 곳에 모자이크 장식이 가장 잘 보존되어 있는 카살레의 빌라Villa Romana del Casale가 있다. 4층으로 되어있고 테라스가 있다.

빌라는 4세기경 서로마 제국에 어느 개인 의원의 별장으로 신전, 바실리카, 체력 단련실, 목욕탕, 오락실 등 60여 개의 방이 있었다. 목욕탕에는 사우나, 온탕, 냉탕, 마사지실도 있고 내부의 온도를 조절하는 난방장치 시설이 있었으며 화장실도 잘 보존

되어 있다. 모자이크로 장식된 바닥과 벽이 잘 보존되어 있어서 이를 통해 제국 말기의 정치와 생활사를 볼 수 있다. 신화, 고대 로마 서커스에 이용했던 야생 동물, 사냥에서 포획한 들짐승들, 아프리카 경치가 있고 사냥하는 것을 소가 끌고 가서 배에 싣는 광경이 생생하게 표현되어 있다.

흥미로운 것은 열명의 여자가 비키니를 입고 운동하는 모습이다. 두 줄로 나열되어 있는데 윗줄은 아령, 디스크 던지기, 달리기 같은 운동이고 아래 줄은 핸드볼 게임을 한다. 머리에 화관을 쓰고 팜나무 가지를 들고 승리한 여자의 모습이 있다. 구석구석 각기 다른 기하학적 모양의 배열은 보면 볼수록 놀랍다.

로마 제국이 망한 후 비잔틴과 아랍을 거쳐 중세기에는 노르만이 들어와 살았다. 12세기 산사태에 묻힌 후 농경지로 사용되었다. 19세기 초 발굴이 시작되어 지금도 계속 복원되고 있다.

모자이크는 뮤즈라는 뜻에서 나왔고 작은 조각을 사용하여 전체를 만드는 예술 형태로 6세기에서 15세기까지 비잔틴 예술을 대표한다. 대리석이나 돌, 유리, 도자기, 거울 또는 유리, 조개껍데기 등이 재료를 쓰인다. 색과 모양을 맞추어 붙인 것인데 그림처럼 섬세하고 정교하다.

카살레의 빌라(Villa Romana del Casale)

카살레의 빌라(Villa Romana del Casale) 모자이크

영화 〈대부〉의 배경이 되었던 사보카 마을
마피아는 어떻게 시작되었나?

시칠리아 하면 마피아가 떠오른다. 그들의 세계는 1972년에 만들어진 영화 코플라 감독의 〈대부〉에서 잘 볼 수 있다. 이탈리아 이민자 꼴레오네 패밀리의 3대를 거친 범죄 조직에 관한 이야기이다. 말론 브랜도와 알 파치노의 출연으로 당시 최대의 흥행을 이루었고 지금도 끊임없이 인기를 끌고 있다. 골든 글로브 음악상, 감독상, 각본상을 휩쓸었고 주제곡은 너무도 잘 알려져 있다.

영화의 몇 장면이 사보카Savoca 마을에서 찍혔다. 메시나 남서쪽 그리고 세계 최고의 휴양지인 타오르미나에서 북쪽으로 30km 떨어져 있다. 해협을 끼고 절벽 아래로 내려다보이는 해안가 경치가 장관이다. 입구에 들어서면 바르 비텔리Bar Vitelei가 있는데 이곳에서 시칠리아 산골 마을로 피신해온 마이끌알파치노이 장인 될 사람을 만났다. 언덕 꼭대기에는 결혼식 장면이 나왔던 산타루치아 성당이 있으며 750명의 지역 주민이 영화에 참여했다.

마피아의 시작은 1860년 시칠리아가 이탈리아에 포함되어 공공장소와 교회가 재분배되면서부터였다. 혼란 속에서 경찰의 도움을 받지 못하자 지주들은 무기를 가진 젊은 남자를 고용하여 무력으로 해결했다. 이에 응하여 흥신소와 같은 문제를 해결해주는 사립보호조직들이 생겼다.

조직은 그 가족들로 구성되어 패밀리, 클랜, 코스카라고도 불리었다. 코사 노스트라는 악명 높았다. 영역을 차지하려고 조직끼리 싸웠고 돈이 되는 것이면 폭력, 파손을 불사하고 범죄나 불법을 저질렀다. 군대와 경찰이 마피아와 한패이거나 매수되기도 했다. 조직원은 서로 보호해 주고 노후도 보장되었으므로 멤버가 되는 것을 영광스럽게 생각했다. 주민들은 부정부패한 정부를 믿느니 오히려 마피아를 더 신뢰했다고도 한다.

〈대부〉의 패밀리 이름인 꼴레오네는 시칠리아의 가장 큰 도시이자 주도인 팔레르모Palermo 근처에 있는 지역 이름이다. 만 명 정도의 인구가 사는 곳으로 몇몇 마피아 보스가 이곳에서 나왔다.

1920 년대에 단속이 심해지자 일부는 미국으로 건너가 새로운 마피아 조식을 만들어 영역을 넓혔고, 세계 제2차 대전 때 연합군이 이탈리아를 침공하기 위해 시칠리아 마피아의 도움을 받기도 했다.

마피아의 기원은 패밀리를 중시했던 고대 로마 때부터 그 씨앗이 뿌려진 것 같다. 공화정 때 가난한 사람이 부농에 들어가 주인의 편이 되어야 했고 말기에는 개인이 군대를 소유하면서 군사가 국가보다 대장의 말을 들었다. 마피아의 잔인함 속에 힘이 없는 서민들은 합법과 불법의 옳고 그름의 잣대가 어디인지 그저 무리를 따라 갈 뿐이다.

사보카(Savoca) 마을

바람의 파노라마_고대로마 시칠리아 이탈리아

사보카(Savoca) 마을

7

중세기 마을의 풍경

르네상스가 시작된 토스카니주

토스카니 발도르차 구릉지

토스카니의 중세기 르네상스
메디치 가문의 번성과 후원

이탈리아에는 20개의 주가 있다. 로마 북쪽에 있는 토스카니Tuscany 주에는 로마가 건국하기 이전 기원전 10세기 에트루리아인Etruscan이 살았다. 그들은 고대 그리스 아테네만큼이나 문명과 문화가 발달한 도시였다. 로마는 그들의 간섭을 받다가 왕을 몰아내고 기원전 3, 4세기에 그들을 지배하게 되었다.

토스카니는 우리나라의 사 분의 일의 크기로 주도는 피렌체이며 시에나 그리고 피사를 비롯해 10개의 현이 있다. 중세기 시골풍의 아름다운 마을은 유네스코 세계 자연 문화유산으로 등록되어 있다.

중세기는 교회가 지배하였다. 11세기 이후 성지를 찾아 순례가 시작되면서 이슬람교의 영역에 있던 예루살렘을 다시 찾기 위해 십자군이 형성되었다. 12세기 피렌체, 밀라노, 베네치아의 영주는 지중해 무역으로 떼돈을 벌어 교황으로부터 자치권을 사들여 교회의 간섭과 속박에서 벗어나 자치국가가 되었다. 그러나 원정나갔다가 돌아온 선원들이 흑사병을 퍼뜨려 이탈리아 전역은 물론 유럽을 공포로 몰아넣었다. 세사람당 한 사람이 죽어나갔다.

이때 살아남은 사람들은 세상을 새로운 시각으로 보기 시작했다. 신을 중심으로 한 어둠의 암흑기에서 벗어나 인간의 개성과 자아에 대한 가치를 중시하게 되었다. 예술은 신에서 인간 중심으로 내면의 세계를 과학적이고 합리적으로 바라보고 표현하기 시작했다. 기독교에 의해 억눌리고 파괴되었던 고대 로마 그리스의 예술과 문학 사상을 되살리려는 르네상스운동은 새로운 생각, 아름다움, 인간다움의 발견이었다.

에트루스인의 예술적 유전자가 이천년 후에 꽃을 피웠다. 14세기에 팝콘 터지듯 펑펑 터져나와 세상을 밝혀 중세기의 암흑기를 마감하고 근대사회에 서막을 열었다. 르네상스는 15세기와 16세기에 절정을 이루며 베네치아 이탈리아 그리고 유럽으로 퍼져나갔다.

천재는 바닷속에 희귀한 물고기가 떠다니듯 늘 세상에 태어난다. 필요와 적합한 환경이 맞아떨어질 때 그들은 세상에 두각을 나타낸다. 타고난 재능이 펼쳐질 수 있도록 물질적으로 도와준 메디치 가문과 교황의 후원이 있었기에 가능했다.

중세 말기에 도시는 주교와 전통 귀족들이 장악하고 있었다. 그러나 14세기 상업과 금융업으로 신흥 부자가 된 상인 메디치 가문이 권력 투쟁에서 승리하여 지배하게 되었다. 코시모 메디치는 피렌체는 물론 토스카니 주를 좌지우지하여 그의 말은 법 위에 있었다. 부와 권위를 과시할 수 있는 새로운 개인 건물팔라초을 지어 높은 탑을 쌓고 꼭대기나 창문에 발코니를 만들어 방어하였다. 로마의 교황도 그의 집을 찾아가 상의할 정도였다.

세금 착취로 서민을 핍박하고 권력을 휘둘렀지만 예술가를 후원하여 천재적 화가, 조각가, 건축가를 탄생시켰다. 그들의 문장이 백합꽃이 었고 피렌체는 "꽃의 도시"가 되었다.

환경인가 우연인가
피렌체 르네상스 천재 예술가

고대 로마에는 천재 정치가가 있었고 중세기 피렌체에는 예술가가 있었다. 피렌체Firenze는 로마에서 북서쪽으로 230km 떨어져 있다. 1125년에 자치 국가가 되었고 르네상스Renaissance가 처음 시작한 곳으로 이탈리아 왕국1865-1871의 수도이기도 했다. 상업이 발달하였고 특히 모직과 귀금속으로 유명하다. 아르노강을 따라 가장 오래된 폰테베키오 다리에는 보석상이 모여있는 전통 상점이 있다.

고딕 양식의 피렌체 두오모 대성당은 브루넬레스키가 건축했다1420-1436. 지지대를 사용하지 않고 60m 되는 성당이 16m 되는 둥근 팔각지붕을 지탱하고 있다. 마주하는 산조바니 세례당은 가장 오래된 종교 건축물이며 고대 로마 신전이 있었던 곳이다1000. 내부장식은 지오또가 했고 단테가 이곳에서 세례를 받았다. 동쪽에 있는 문은 성서의 장면이 조각되어 있는데 너무 정교해서 '천국의 문'이라고 불렀다.

대표적 예술가로는 르네상스 미술의 선구자인 화가이자 건축가인 지오또와 마사초가 있다. 엄숙한 비잔틴 양식에서 벗어나 원근법과 투시법을 사용하여 입체감과 빛을 도입했고 인물의 감정과 움직임을 표현하였다. 미켈란젤로는 어려서부터 그들의 작품을 따라 그리곤 했다. 그의 대표작 〈최후의 심판〉은 바티칸 시스티나 경당 천장에, 조각 〈다비드상〉은 피렌체 아카데미아 미술관에, 〈피에타〉는 성 베드로 대성전 안에 있다. 그리고 화가 조각가, 건축가인 레오나르도다빈치의 〈최후의 만찬〉, 〈모나리자〉가 있다.

우피지Uffizi 미술관은 르네상스 시대의 그림이 가장 많은 곳으로 보티첼리의 대표작 〈비너스의 탄생〉, 〈봄〉이 소장되어 있다. 분수와 미로가 있는 정원과 건축물은 이탈리아 전역과 18세기 프랑스 정원 디자인에 영향을 주었다.

문학작품으로는 지옥, 연옥, 천국을 상세하게 묘사한 단테의 〈신곡〉, 종교는 정치의 기초를 이루는 것이 아닌 군주의 성공을 돕기 위해 유용한 도구이므로 군주가 목적을 위해서는 모든 수단을 사용해도 된다고 한 마키아벨리의 〈군주론〉, 사회 윤리를 풍자한 보카치오의 〈데카메론〉이 있다. 〈피노키오의 모험〉을 쓴 극작가 카를로 콜로디 또한 이곳 출신이다. 과학자로는 갈릴레오 그리고 오페라 작곡가 베르디, 푸치니 등이 있다.

초등학생 아이들 둘을 데리고 갔을 때였다. 하나라도 더 보여 주려고 열심히 미술관을 찾아다녔다. 아이가 갑자기 "왜 이렇게 재미없는 데만 다녀요?" 하는 소리에 가슴이 뜨끔했다. 놀이동산에 가서 뛰어놀아야 할 아이들을 끌고 다니니 안 그렇겠나. 언제 또 올지 모르기에 무리했다.

피렌체 두오모 성당

승화된 사랑, 영혼의 안식처가 되다
단테의 여인 베아트리체

혼잡한 골목으로 걷다 보면 단테
Dante, 1265-1321의 기념관이 나온다.
이곳은 1965년 그의 탄생 700주년을
기념하기 위하여 시에서 그가 살던
위치에 건물을 사서 만들었다고 한
다. 단테는 그리스의 호메로스기원전 8
세기, 영국의 셰익스피어1564-1616, 독
일의 괴테1749-1832와 더불어 서양 철
학과 문학의 사대 문호로 꼽힌다. 이
탈리아 르네상스를 대표하는 최고의

시인으로 당시 문화 언어였던 라틴어가 아니라 토스카나 토속어로 썼는
데 이것이 후에 이탈리아어가 되었다.

단테는 부유한 가문에서 태어났으나 일곱 살때 어머니가 돌아가셨다.
아홉 살 때 동갑내기 소녀 베아트리체를 짝사랑하게 되어 어머니에 대한
그리움이 그녀에게로 향했다. 하지만 그는 아버지의 뜻에 따라 12살 때
귀족 가문의 딸 젬마와 약혼해야 했다. 단테의 가슴에는 오로지 베아트리

체 뿐이었다. 9년 후, 18세가 되었을 때 아르노강 다리에서 우연히 그녀를 보게 되지만 차마 사랑을 고백하지 못하고 지나쳐야 했다. 7~8년에 거쳐 쓴 그의 연애시집 〈새로운 삶〉은 이탈리아어로 된 최초의 작품이다. 그는 사랑이 속삭여 주는 대로 글을 쓴다고 했다. 사랑과 고귀한 마음은 하나라고 하며 그녀를 인간적 여인에서 귀부인으로 승화시켰다.

그는 20세에 약혼녀와 결혼했고 베아트리체는 22세에 다른 남자와 결혼했다. 그녀가 24살에 죽자 충격을 받아 정치와 철학에 몰입하였으며 구약성서를 바탕으로 아리스토텔레스와 키케로와 세네카의 작품을 재해석하였다.

피렌체가 교황의 개입으로부터 독립해야 한다고 결사 주장하다가 35세에 추방당하였다. 그는 허락을 받았지만 피렌체로 돌아가지 않았고 20여 년 유랑하며 여러 작품을 썼다. 〈향연〉, 〈토속어에 대하여〉, 〈제정론〉 등 철학과 윤리를 논했고 〈신곡〉은 고전문학의 최대 걸작이 되었다.

신곡은 각각 33편 그리고 서곡 한 편 모두 100편으로 된 운율시이다. 그리스도교의 관점에서 처음으로 지옥, 연옥, 천국을 구체적으로 묘사하였으며 대중에게 구원의 메시지를 알리고자 했다.

삶의 여정에서 지옥은 물질적이고 이기적인 것으로 고통만이 있을 뿐이다. 벗어나기 위해서는 회개하는 길이 바로 연옥이며 이것은 "참 나"를 찾아 떠나는 순례의 길이다. 단테의 유랑 생활은 순례의 길인 연옥이었다. 그 끝에는 베아트리체가 그를 천국으로 안내해 주기 위해 기다리고 있었다. 그가 사랑한 여인은 성모마리아의 모습으로 승화되어 그의 영원한 영혼의 안식처가 되었다.

고향 피렌체를 그리워하며 라벤나에서 56세에 말라리아에 걸려 생을 마감하였다. 그곳에 유해가 묻혔다. 피렌체는 나중에서야 그의 소중함을 알게 되었다. 두오모 성당에 단테의 빈 무덤이 있고 벽면에 〈단테의 신곡〉 그림이 걸려있다.

피렌체 박물관과 가장 오래된 다리

바람의 파노라마 _ 고대로마 시칠리아 이탈리아

돌연변이인가 창조인가
팬데믹과 마녀사냥

인류의 역사 속에 전쟁과 전염병은 손에 손을 잡고 위협해 왔다. 무기와 병균 중 어느 것이 무서운지 도진개진이다. 한편 그들이 없었다면 인구는 어떻게 팽창되었을지 외면하고 싶은 영역이다.

기원전 5세기 그리스 아테네는 스파르타와 힘을 합쳐 페르시아 전쟁에서 이긴 후 황금시대를 맞아 승승장구하였다. 그러나 아테네에 발생한 역병으로 인구의 4분의 1이 죽었고 스파르타를 치고자 했던 아테네 장군 페레클레스마저 갑자기 전염병 걸려 죽었다. 천하장사도 눈에 보이지 않는 병균에게 꼼짝 못 했다. 이 일로 아테네는 휘청거렸고 결국 쇠퇴하기에 이르렀다.

전염병은 끊임없이 꼬리를 이으며 동서양으로 그리고 지중해로 돌았다. 이쪽에서 끝나는가 하면 저쪽으로 옮기고 저쪽에서 끝나는가 하면 이쪽으로 옮겨왔다. 2세기 로마 제국에서 6세기 콘스탄티노플에서 유럽으로 퍼져 수백 수천만 명의 생명을 앗아갔다. 1918년에 시작한 스페인독감 2500만명이 죽었고 미국에서도 50만 명이 죽었다고 한다. 홍콩 독감도 있었다. 최근에 겪은 팬데믹은 그나마 의료 혜택과 격리로 많은 인명피해를 막을 수 있었으나 도시가 마비되었다.

중세기 때 퍼진 흑사병으로 세 사람당 한 사람이 죽기에 이르렀다. 이유를 모르니 지푸라기라도 잡을 심정으로 대처했을 것이다. 신이 내린 천벌이라하여 병에 걸리지 않도록 속죄의 의미로 자학하기도 했다. 사회적으로 약자인, 병자, 거지, 순례객, 외부인에게 그 화살이 돌아갔다. 특히 유대인이 우물에 독을 넣었다는 소문이 나 많은 사람이 희생되었다. 그들이 병에 잘 걸리지 않았던 것은 우물가에 가서 손을 자주 씻었기 때문이라고 한다.

마녀는 원래 주술적으로 병을 치료해 주는 신비스런 존재였다. 왕권에 대한 불만과 불신등 혼란과 분열로 위기를 맞자 그것은 마녀가 악마와 놀아나서 그런것이므로 그녀를 죽이면 과거처럼 평온을 찾을 것이라는 소문이 퍼졌다.

어느 수도회에서는 마녀를 찾아내는 지침서를 내놓았다. 온갖 미신적인 허무맹랑한 기준이었다. 교회에 가기 싫어하거나 또는 열심히 가더라도 마녀일지 모른다는 것도 있었다. 마침 이때 금속활자 인쇄술이 발달하여 책자가 대량 제작되어 읽혀지게 되었다. 이로 인해 부자와 과부 그리고 약초에 관한 지식을 가진 미혼 여성이 많이 고발되었다. 마녀인지 아닌지 확인하기 위하여 물에 빠뜨린 후 죽으면 마녀가 아니고 살아나오면 마녀이므로 사형에 처했으므로 일단 고발되면 이래도 저래도 죽었다. 재판과 형벌에 관한 비용으로 그들의 전 재산을 몰수했다. 2003년 교황 바오로 2세는 교회가 인류에게 저지른 잘못이라고 인정했다.

마녀 사냥이란 사실에 근거하지 않고 개인이나 특정그룹에게 책임을 전가시켜 그들을 희생양으로 삼는 집단 히스테리이다. 로마에 대화재가 일어나자 민심을 잡기 위해 네로 황제는 크리스천을 희생양으로 잡아드렸다.

처음에 병균은 어디서 나왔을까? 돌연변이 일까? 창조 일까? 온난화와 팬데믹을 앓고 있는 지구는 지금 어디로 가고 있는지.

비극으로 끝난 사랑
토스카와 나비부인

마침 오페라 극장이 숙소 바로 옆에 있었다. 멀리서 일부러라도 와서 보기도 할 텐데 이런 기회를 놓칠 수 없었다. 일년치 공연 스케줄을 보니 선택의 여지 없이 푸치니의 〈토스카〉를 보아야 했다.

극장 밖의 건물은 현대식으로 수수하지만 실내에 들어가니 너무도 멋진 광경에 눈이 휘둥그레졌다. 무대 아래 오케스트라도 어마어마했다. 사진을 찍어대는 사람은 나만이 아니었다. 나비넥타이에 화

려하게 차려입은 전통 오페라객과 운동화에 차림의 여행객의 숫자는 반반이었다.

로마 오페라 극장Teatro Dell' Opera은 이탈리아 3대 국립 오페라 극장 중의 하나이다. 1880년대 지어졌으며 2,300개의 좌석이 있다. 음향효과가 뛰어나며 세계 제2차 대전 때도 공연이 계속되었고 한다. 토스카의 첫 공연이 이곳에서 있었다.

로마 오페라 극장(Teatro Dell' Opera)

　작곡가 푸치니Puccini, 1858-1924는 토스카니 주에 있는 루카 마을에서 태어났으며, 〈세르비아의 이발사〉를 작곡한 로시니와 〈리골레토 여자의 마음〉을 작곡한 베르디를 이어 이탈리아 전통 오페라 거장의 마지막 세대였다. 그의 집안은 5대에 거쳐 성당의 음악 감독을 배출했다. 그는 6살 때 아버지를 잃고 힘든 세월을 보내다 베르디의 〈아이다Aida〉를 보고 오페라를 작곡하기 시작하여 38세에 그의 스타일을 확립하였다.

　예전에 그의 오페라 〈나비 부인〉을 감명 깊게 보았는데 이번에 보게된 〈토스카〉도 그의 것이다. 이들은 〈라 보엠〉과 함께 그의 작품 중에서 가장 자주 공연되는 작품이다. 토스카를 작곡하는데 4년이 걸렸고 초연은 1900년에 나비부인은 1904년에 했다.

　〈토스카〉의 배경은 1800년 경 프랑스 혁명 후 나폴레옹이 로마의 네이플 왕국을 침략하여 고문과 살인이 만연할 때다. 잔인하기 그지없는 경찰 서장은 토스가의 애인 카바라도시를 감옥에 가둔 후 그녀가 자신의 사랑을 받아주면 그녀의 애인을 살려주겠다고 했다. 처형할 때 빈 총을 쏠 것이며 도망갈 수 있도록 통행증을 만들어 주겠다고 했다. 그녀는 애인에게 이 사실을 알린 후 총소리가 나면 그냥 죽은 척하라고 전한다. 장면이 바뀌어 서장이 그녀를 안으려고 할때 숨겨두었던 칼로 그를 찔러 죽인다. 그때 총살형이 집행되고 그녀의 애인이 쓰러졌다. 그녀는 그가 연극을 잘 한다고 소리지르며 다가가나 그는 진짜 죽어 있었다. 토스카는 비통해하며 성벽 아래로 떨어져 죽는다.

〈나비부인〉의 배경은 19세기 후반 청일 전쟁 때 미군이 일본 나가사키에서 주둔할 때였다. 장교 핀커튼은 본국에 약혼녀가 있었으나 무료함을 달래기 위해 게이샤 초초와 살고자 한다. 초초는 결혼을 원하였고 그녀는 그에게 마음을 모두 주었다. 그가 본국으로 떠나며 그녀를 데리러 오겠다고 했다. 그녀는 아들을 낳았고 주위 사람들의 온갖 비난 속에서도 꿋꿋하게 살며 남편을 하염없이 기다린다. 그가 탄 배가 왔다는 말을 듣고 그녀는 가슴이 터질 듯 기뻤다. 그러나 남편 곁에는 파란 눈의 부인이 함께 있었다. 가슴이 미어지는 데 아들까지 데려가겠다고 하는 것이다. 그녀는 방에 뛰어 들어가 아이의 눈을 가리고는 자결하고 만다.

토스카와 나비부인은 비극으로 끝난다. 동서고금을 막론하고 이룰 수 없는 사랑은 애틋하다. 애절하게 부르는 오페라 가수의 아리아는 관중의 심중을 찔러 함께 울지 않을 수 없게 만든다.

구릉과 초원이 펼쳐지다
최고의 경관을 자랑하는 시에나현

시에나Siena 현은 제주도
크기의 두 배가 되며 삼 분
의 이가 구릉과 언덕으로 어
우러져 있다. 순례자들이 다
니던 길목으로 단테가 코 앞
인 고향 피렌체에 들어가지
못하고 이곳에서 발길을 돌
려 유랑하기 시작한 곳이다.
몬테풀치아노, 몬탈치노 그
리고 피엔차는 아름다운 풍
경과 와인으로 유명하다.

내려다 보이는 경치

이곳에 와서 농촌을 유지하고 가꾸면 땅과 집을 공짜로 준다고 한다. 집
을 개조할 때는 마음대로 할 수 없고 규칙에 따라야 한다. 올리브밭 가장
자리에 장미 나무가 있다. 장미가 농약에 약하므로 그 농도를 보기 위해
서 장미에 먼저 뿌린다.

몬테풀치아노

몬테풀치아노는 중세기와 르네상스 시대에 언덕 마을이다. 산타 마리아 아순타 (Santa Maria Assunta) 대성당 높은 제단에는 1401년 바르톨로가 그린 성가정 그림이 있다. 음식과 적포도주로 유명하며 돼지고기, 치즈, 파스타, 렌틸 콩과 꿀이 있고 와인은 세계적으로 유명하다. 시계 탑, 대성당, 구도시 벽, 중세기 와인 저장소가 있다. 이곳에서 두 명이 한 팀이 되어 80kg 와인 통을 언덕 대성당 광장까지 1,800m를 굴려 올리는 대회가 있다.

중세시대 이 도시는 무두질 공장과 신발 및 가죽 제품으로 유명했다.

몬탈치노

몬탈치노 언덕의 포도밭, 과수원, 들판, 마을이 아름답다. 와인 테이스팅과 농가에서 재배한 신선한 것으로 만든 음식을 먹을 수 있다.

피엔차

피엔차(Pienza)는 몬테풀치아노와 몬탈치노 사이에 있다. 코르시냐노(Corsignano)
라고 불리는 마을이 재건된 곳이다. 2004년에 발도르차 계곡 전체가 유네스코 세계
문화 경관으로 등재되었다.

1405년 교황 비오 2세(Pius II)가 도시를 다시 지어 이상적인 르네상스 마을로 만
들었고 그의 이름을 따 피엔차라고 하고 그 뜻은 비오의 도시라는 뜻이다. 로마에
서 휴양하러 오는 장소였다.

인구는 2천여명이 살고 있고 인구 밀도는 18명/㎢이다. 젊은 사람들이 외부로 나
가 빈 집이 많다.

돼지코보다 개코가 낫다
토스카니의 특산물 송로버섯

    토스카니의 와인은 세계적으로 유명하다. 더불어 송로버섯은 이곳의 특산물이다. 이탈리아어로 타르투포Tartufo이고 영어로 트러플Truffle이다. 관광 가이드가 화장실에 가라고 내려 준 곳은 송로버섯을 전문으로 파는 상점이었다. 시식 코너에는 올리브유에 다른 버섯과 재료로 가미된 다양한 송로버섯 소스가 크래커와 함께 놓여있었다. 송로버섯이 5%만 들어가 있는데도 그 맛이 아주 강했다.

    고대 그리스와 로마인이 즐겨 먹었다고 하며 성적 흥분을 유발한다고 하여 정숙과 청교도적 삶을 강요하는 중세시대는 '악마의 버섯'이라고도 했다. 그러나 프랑스 왕 루이 14세가 유럽 최고의 음식이라고 칭하면서 유명해졌다. 땅속에 다이아몬드라고 하며 거위의 간인 푸아그라와 철갑상어 알인 케비아 다음으로 세계 3대 진미에 속한다.

    떡갈나무 참나무 뿌리에 붙어 자라는데 지면에서 얕게는 5cm 깊게는 1m 깊이에 있다. 돼지가 땅속을 헤집고 무언가를 먹고 건강해진 것이 처음 버섯을 발견한 계기가 되었다. 송로 버섯에는 수퇘지가 발정할 때 나는 페르몬 호르몬과 유사한 향이 나므로 암퇘지가 이 냄새를 맡으면 흥분하여 땅을 헤집기 시작한다고 한다. 그래서 버섯을 찾기 위해 암퇘지를 이용한다. 하지만 돼지가 다 먹어치우거나 퍼져야 할 종균까지 없애버리므로 돼지보다는 개 코를 이용한다고 한다.

인공재배가 어렵고 프랑스나 이탈리아에 있는 특정 지역에서 자란다. 30여 종이 있는데 적당히 자라려면 7년이 걸린다. 작게는 콩알 정도에서 크게는 10cm 지름의 돌멩이 크기로 검은색은 1kg에 몇백만 원하며 흰 것은 두 배로 더 비싸다.

송로버섯 오일은 장, 노화 방지, 혈액 순환 및 소화에 좋고 손발이 저리거나 원기 회복을 도와준다고 한다. 산삼이라도 되는 것 같다.

오래 가열하거나 조리를 하면 특유의 향이 날아갈 수 있으므로 생으로 얇게 저며 음식이나 샐러드 위에 뿌려 먹는다. 신선함을 유지하기 위해 땅속과 비슷한 환경에 저장해야 한다.

선물하려고 고르다가 가격을 보고 놀랐다. 조그만 병에 오디만 한 것 세 개에 백달러가 넘었다. 희소성때문인지 아니면 그만큼 영양가가 있는지 누구는 그것도 저렴한 것이라고 했다.

우주의 신비를 전하는 천상의 노래
안티모 경당과 빙엔의 힐데가르트 성녀의 정원

몬탈치노에서 10km 떨어져 있는 곳에 성 안티모 경당이있고 그 옆에 누군가를 위해 봉헌된 자그마한 "힐데가르트의 정원"이 있다. 중세기에 베네딕도 수도회가 있었고 프랑스에서 로마로 가는 순례자들이 쉬었다가는 곳이었다. 8세기 신성로마제국의 카를로 황제가 로마에 있는 교황을 만나고 돌아가던 중 이곳에 들렀다. 그의 군사들이 전염병으로 쓰러지자 꿈속에서 성녀가 나타나 치료법을 알려주었다. 그는 감사한 마음으로 경당을 짓고 안티모 성인의 유해의 일부를 이곳에 봉헌하였다. 안티모 성인는 많은 사람을 회심시키고 치유의 기적을 일으켰으며 303년 순교하였다.

12세기 지방 도시의 영주들이 부자가 되면서 교권에서 벗어나자 수도원은 교회의 도움을 받지 못하게 되었다. 15세기에 폐지되었고 17세기부터 소작농의 농작물 보관소나 마구간으로 쓰였다. 다시 시에나 대교구에서 관리하고 있으나 수도자가 없다고 한다.

경당에 들어서면 여행자와 순례자의 수호자인 크리스토퍼 성인의 모습이 그려진 벽화가 있다. 그의 이름은 "예수님을 어깨에 메고 간다"는 뜻이다. 몸집이 큰 그는 예수님의 뜻을 따라 물가에 살며 가난한 행자를 건네주는 봉사를 했다. 어느 날 한 아이를 어깨에 메고 건너는데 점점 무거워

져 지팡이를 집고 간신히 건네주었다. 처음으로 그렇게 무거웠던지라 의 아해 하는데 "너는 온 세상을 옮겼다."라는 말이 들려왔다. 바로 그때 그의 종려나무 지팡이에 푸른 잎이 나고 뿌리가 내리는 기적이 일어났다. 그는 250년에 소아시아에서 순교했고 여행자나 순례자의 수호자가 되었다.

빙헨에 힐데가르트Hildegard of Bingen, 1098-1179 성녀는 독일 귀족 집안의 10명의 형제자매 중에 막내로 태어났다. 3살 때 처음으로 환시를 보았고 5살 때 그것이 특별한 은총이란 것을 알았다. 당시에 여자가 교육을 받을 수 있는 길은 수도원에 들어가는 거였으므로 8살 때 들어가 글을 익혔다.

신앙을 잃고 마음이 건조하면 생동감과 창조 에너지가 없어져 병이 온 다고 했다. 42세가 되었을 때 계시를 받았다. 하지만 잘못된 것일까 봐 주 저하자 육체적인 고통을 받았다. 교황에게 편지를 써 허락을 받고 신학, 식물학, 의학 서적을 저술했다.

그녀는 신학과 도덕관을 음악으로 표현했다. 전례극 오르도 비르투툼 Ordo Virtutum은 천상 음악이다. 다른 환시와 마찬가지로 빛으로부터 음의 영감을 받아 신학적인 가사를 붙였다. 대화하는 형태로 부르는 것은 오페 라의 시작이 되었다.

비록 순교하지는 않았지만 2012년 교황 베네딕도 16세에 의해 교회의 의사로 성인 반열에 올랐다. 자그마한 정원에서 힐데가르트 성녀를 만나 기쁘다 못해 가슴이 벅차다. 죽음의 문턱을 넘나들 때 그녀의 음악이 천상의 문을 열어 줄 것 같다.

힐데가르드 성녀에게 봉헌된 정원

안티모 경당

중세기 세계 7대 불가사의
넘어질 듯 넘어지지 않는 피사의 사탑

피사는 로마에서 북쪽으로 400km 떨어져 있다. 미라콜리 광장 대성당 옆에 기울어진 탑은 중세기의 세계 7대 불가사의 중의 하나였다. 경이롭지만 이것을 보기 위해 기차로 8시간을 오가며 하루를 보내는 것이 조금은 아쉽기도 하다. 한 장의 사진이 그 가치를 하고 있다.

높이 55m, 지름 12m 그리고 297개의 계단이 있고 각 층에 들어가는 문이 있다. 1173년에는 수직이었으나 백여 년 후 오른쪽으로 기울어지기 시작하여 5.5°기울어져 있다.

그 이유로는 땅을 너무 얕게 파3m 지반이 약한 데다가 토질이 불균형했기 때문이다. 10여 년 동안 온갖 과학적 기술을 동원하여 경사 각도를 줄이다가 쓰러지지 않을 정도에서 작업을 종료하였다.

500여개의 분수가 있는 경이로운 정원
티볼리 빌라 디에스테

티볼리Tivoli는 로마 동북쪽으로 32km 떨어져 있는 아름다운 마을이다. 하드리안 빌라 근처에 16세기에 지어진 빌라 디에스테Villa d'Este가 있다. 이탈리아에서 가장 아름다운 정원 중의 하나로 유럽 전역에 영향을 주었다.

에스테 가문은 예술을 후원하였고 르네상스를 이끈 막강한 힘을 가진 집안이었다. 이폴리토 에스테1509-1572가 티볼리의 추기경이 되었을 때 완성하였다. 하드리안 빌라를 모델로 로마인들이 지은 어떤 것보다 멋지고 크게 짓고자 했다. 500여 개의 분수가 온갖 다양한 모양과 방향으로 강약 대소, 장단을 맞추어 물을 뿜어내는 것이 장관이다. 프랑스 분수 엔지니어가 만든 것으로 펌프를 사용하지 않고 중력의 힘을 이용했다. 이 물은 875m 운하, 수로 및 폭포에서 공급된다고 하니 과학과 자연과 예술이 어우러진 환상적이고 경이롭기까지 한 정원이다.

오르간 분수는 정원에서 하이라이트이다. 때마침 오르간 음악이 울려 퍼졌다. 사람이 연주하는 것이 아니라는 것에 놀람을 금치 못했다. 꼭대기로 올라간 물과 공기가 섞여 소용돌이를 만들어 22개의 파이프에 전달되는데 수압조절을 통해 음악이 만들어진다고 한다.

티볼리 빌라 디에스테 정원

바람의 파노라마 _ 고대로마 시칠리아 이탈리아

8

지금도 모든 길은 로마로 통한다
자존심인가 사죄하는 마음인가

지금도 모든 길은 로마로 통한다
로마의 흥망과 이탈리아 공화국

기원전 3세기 카르타고의 한니발은 코끼리로 알프스를 넘었으나 우리 일행은 기차를 타고 딱딱한 샌드위치와 함께 따뜻한 커피와 시원한 맥주 한 잔의 설렘으로 보이지 않는 국경을 넘었다.

콘스탄티누스 황제가 313년 신앙의 자유와 그리스도교의 권리를 보장해 주었다. 그는 330년 로마의 수도를 비잔티움Byzantium으로 옮기고 "신로마"라는 뜻에서 콘스탄티노플이라고 했다. 비잔티움은 현재 터키 최대의 도시인 이스탄불이다. 세 아들에게 제국을 나누어 주었는데 그들 사이에 다시 내전이 벌어져 로마는 동과 서로 갈라졌다.

테오도시우스 황제가 죽자395 서로마는 북쪽 야만족으로부터 침략을 받아476 로물루스 황제를 마지막으로 멸망하였다. 이때 많은 유럽 도시가 독립하였고 독일사람이 이탈리아의 왕이 되었다. 동로마 비잔틴 제국은 1453년까지 번창하다가 이슬람 오스만튀르크에 의해 함락되었다.

그후 사르데냐, 양 시칠리아, 밀라노 공국, 베네치아 공화국 같은 여러 왕국과 도시국가들은 1861년 하나로 통일된 이탈리아 왕국이 되었다. 로마는 교황령이었다가 1870년 이탈리아에 강제 통합되었다. 세계 제1차 대전1914-1918 초기에 중립을 선포하고 연합국에 가담했다. 그러나 로마 제국의 영광을 되찾고자 하는 파시스트 무솔리니가 연맹에서 탈퇴했다. 이때 바티칸 시국은 1928년 이탈리아에서 독립하여 교황령을 회복하였다. 무솔리니는 독일과 일본과 함께 세계 제2차 대전1939-1945을 일으켰다. 전쟁에서 패한 후 군주제가 폐지되고 이탈리아 공화국이 되었다. 1948년 새 헌법이 제정되고 초대 대통령이 선출되었다. 1957년 유럽 공동체EC의 창립 회원국이 되었다.

스페인 광장의
스페인 계단과 트리니타 데이 몬티 성당

스페인 계단은 17세기 교황청의 스페인 대사관이 있던 곳이라 그렇게 불렸다. 영화 〈로마의 휴일〉에서 오드리 헵번이 앉아 있던 곳으로 로마에 가면 누구나 한번 앉아 낭만을 즐겨보고 싶은 장소이다. 300여 개의 계단이 있는데 위로는 몬티의 트리니타 성당이 있고 아래쪽에는 영국 시인 키츠 (Keats)의 기념관이 있다.

카피톨리노 언덕, 로마의 시청사 세나토리오 궁전

로마 캄포톨리오 미술관

로마 시내

바람의 파노라마 _ 고대로마 시칠리아 이탈리아

로마 시내

전통 종교와 현대 공업이 어우러지다
패션과 디자인의 도시 밀라노

밀라노는 이탈리아 경제의 중심지이고 패션과 디자인의 도시이다. 해발 122m이며 북쪽으로 알프스가 있고 남쪽으로 포강이 흐른다. 제2차 세계대전이 끝난 후 공업화로 도시가 성장하였다. 직장을 구하기 위해 시골에서 서울로 가듯 곳곳에서 밀라노로 몰려와 인구가 급격하게 증가했다. 옛 도로와 전통 건축물 그리고 현대식 고층 건물 사이로 북적거리는 광장에 현지인과 관광객이 어우러진다.

293년에 서로마 제국의 수도였으나 5세기 훈족과 고트족의 침입으로 파괴되었다. 13세기 귀족 세력이 영주가 되어 16세기 에스파냐의 지배에 들어가기까지 황금시대를 이루었다.

중앙역에 짐을 맡기고 지하철을 타고 관광을 시작하는 두오모역에서 내렸다. 광장으로 나오면 펼쳐지는 경관에 입이 딱 벌어진다. 2만 명을 수용할 수 있는 두오모 대성당은 이탈리아에서 가장 크고 유럽에서 세번째로 크다. 두오모는 주교좌가 있는 곳으로 천장이나 지붕이 반구형인 것을 의미하는 돔Dome을 뜻한다. 대성당은 고딕 건축물로 1386년에 건축을 시작하여 400년 후 나폴레옹 때 완성되었다. 135개의 첨탑과 3159개의 동상이 있다. 두오모 광장에는 세계에서 가장 아름다움 쇼핑거리가 있다.

두오모 대성당

산타마리아 델레 그라치 도미니쿠스 수도원 식당에 르네상스 최고 걸작 중의 하나인 레오나르도 다 빈치의 〈최후의 만찬〉이 벽에 그려져 있다. 세계 제2차 대전 때 곡식으로 채운 포대를 쌓아 올려 폭격의 피해를 막을 수 있었다. 그 외 유럽 오페라의 중심인 스칼라 극장이 있다,

두오모 광장을 따라 맛집을 찾아다니다가 그만 호객하는 사람에게 걸렸다. 따라오라고 하여 따라갔다. 먹음직한 스테이크를 시켰다가 바가지를 썼다. 언제 구운 것인지 어느 부위인지 비틀어진 질긴 고기를 최고의 값을 내고 먹었다. 멋지게 생긴 이탈리안 젊은이가 부른다고 따라가면 낭패를 볼 수 있다.

현실과 낭만이 엇갈리다
수상 도시 베네치아

베네치아 또는 베니스는 이탈리아 북동쪽에 있으며 아름다운 수상 도
시로 곤돌라 배를 타며 "창공에 빛난 별, 산타루치아" 노래를 부르고 싶게
한다. 기원전 6세기 훈족의 침입으로 유린당할 때 사람들은 이곳 황량한

바람의 파노라마 _ 고대로마 시칠리아 이탈리아

갯벌로 도망쳐 왔다. 물에 썩지 않는 나무로 평균 2.7m의 수심에 촘촘히 말뚝을 박고 그 위에 돌 받침대를 올려 백여 개가 되는 섬을 만들어 집을 지었다. 그것을 잇는 다리가 400여 개가 된다.

13세기 중계 무역으로 부를 축적했으며 약탈해온 물자로 산마르코 대성당을 장식하고 두칼레궁전을 지었다. 예수님의 제자 마르코 성인의 유해는 이집트 알렉산드리아에 있었는데 이슬람으로부터 보호하기 위해 이곳에 가져와 안치하기 위해 처음 성당을 지었다829. 동서양의 조화가 잘 이루어진 건축물로 다섯 개의 둥근 돔이 있고 금박 모자이크로 벽면을 장식해 황금교회라고도 불렀다. 광장 옆 회랑에는 운치 있는 상점과 카페가 있고 대성당 옆에는 99m 되는 종탑이 있다. 기둥 위에 날개 달린 사자는 산마르코를 상징하며 베네치아의 수호상이다.

산마르코 대성전

성당 정면에 콰드리가Quardriga라고 불리는 네 마리의 말은 이천년의 역사를 가지고 있다. 영화 〈벤허〉에서 볼 수 있는 것처럼 고대 로마 때 바퀴 두 개가 달린 전차를 네 마리의 말이 끄는 경주가 성행했다. 이 말들은 로마 트라야누스 황제의 개선문을 장식했던 것으로 테오도시우스 2세가 콘스탄티노플로 가져갔다. 15세기 베네치아는 자치 공화국이 되었고 십자군이 콘스탄티노플을 탈환하여 이곳으로 가져왔다. 그러나 1797년 나폴레옹이 가져가 프랑스 파리 개선문에 장식했다가 1815년에 베네치아로 다시 돌아왔다. 성당 외벽에 걸려있는 것은 복제품이며 진품은 대성당 2층 박물관에 있다.

콰드리가(Quardriga)

이곳은 셰익스피어의 〈베니스의 상인〉의 배경이다. 유대인 고리대금 업자 샤일록이 돈을 빌려주면서 1파운드의 살을 담보로 잡았다. 돈을 빌려간 사람이 갚지 못하자 고소하였다. 재판관은 살만 떼어가되 피는 계약에 없었다고 하며 오히려 그를 궁지에 몰아넣어 희비를 엇갈리게 하였다. 또한, 18세기 바람둥이의 대명사가 된 카사노바가 태어난 곳이기도 하다. 마음만 먹으면 여자를 손에 넣었으니 그 능력이 대단한 듯싶다. 18세에 법학 박사 학위를 딴 지성과 예술성을 갖춘 멋쟁이였다. 그가 쓴 여러 글 중에 〈회고록〉으로 알려졌으며 도덕과 위선을 농락한 자유분방한 영혼의 소유자였다.

베네치아에는 금빛 현관과 흰 대리석으로 지어진 비잔틴, 고딕, 르네상스 시대의 건축물이 450여 개가 되며 현재는 사무실과 골동품 상점, 호텔 그리고 유명인의 별장으로 쓰이고 있다. 두칼레궁전 법정과 감옥과 연결되는 "탄식의 다리"는 한 번 가면 언제 나올지 모르는 운명 속에 사랑하는 사람의 마지막 모습이라도 보려는 애틋함이 서려 있다.

아기자기한 상가와 고풍의 건물과 성당이 아름답다. 하지만 가까이 가면 현실이 보인다. 관광객이 너무 많아 그들이 버리고 가는 것이 만만치 않은 데다 계속되는 노후, 홍수, 침강, 대기 오염이 도시를 위협하고 있다. 빙하가 녹으면서 해수면이 높아져 비가 오면 홍수가 나 산마르코 성당이 물에 잠기곤 한다. 또한, 식수와 하수구 문제가 심각하다. 썰물 때는 물이 빠져나가 담벼락 아래 이물질이 보이며 코를 찌르는 악취가 이상과 현실을 직감하게 해 준다.

곤돌라

베네치아 골목

평화의 도구로 써 주소서
아씨시의 성 프란치스코와 성녀 클라라

아씨시는 "평화의 기도"로 잘 알려진 성 프란치스코 성인과 클라라 성녀가 태어나 활동하시다 묻힌 곳이다. 그들은 13세기 그리스도교가 세속화되어갈 때 청빈한 삶을 살며 가난한 수도회를 세웠다.

성당이 있는 구도시는 높이가 424m 되는 수바시오 언덕에 있으며 로마에서 기차로 2시간 간 후 역에서 내려 버스를 타고 5분 정도 올라가면 된다. 중세기로 돌

아가는 느낌을 주는 도심과 아래로 펼쳐지는 평야는 바라보고만 있어도 자연 힐링이 되는 것 같다. 코무네 광장에 있는 성당은 이천 년 전 로마 제국 때 세운 미네르바아테나 여신의 신전이었다.

프란치스코 성인1181-1226은 부유한 상인 가정에서 태어났다. 그는 요한이탈리아어 조바니으로 세례를 받았으나 그의 아버지가 프랑스인이라는 뜻에서 프란치스코가 되었다.

20세 때 전쟁에 참여하였다가 포로로 잡혀 감옥 생활을 하면서 영성 생활에 변화가 생겼다. 보석금으로 풀려나 집에 돌아왔으나 24세 때 다시

군대에 입대하기 위해 가는 길이었다. 거기에서 "누구를 섬기겠느냐?"라는 환시를 듣고 깨달아 아씨시로 되돌아 왔다. 허름한 산다미아노 성당에 들어가 기도하던 중 "내 집을 고쳐달라"는 환시를 듣고 가진 것을 다 팔아 성전을 재건하였다.

평생 가난하게 살기로 하고 가진 재산을 다 나누어 주고 상속권까지 포기하였다. 신의 저주라고 버림받았던 나병 환자를 돌보아 주었고 거지를 학대하면 예수님을 학대하는 거라고 설교했다. 낡은 옷을 입고 맨발로 다니면서도 언제나 즐겁게 노래를 불렀다. 태양, 불, 바람을 형님이라고 달, 별, 물, 땅, 죽음을 누님이라 불렀다. 자신의 병을 자매들이라 불렀으며 새들에게도 설교하였다.

성녀 클라라1194-1253는 귀족 집안에 맏딸로 태어났으며 어려서부터 신앙심이 깊었다. 그녀의 아버지는 그녀가 12세 때 귀족 집안에 시집을 보내려고 하자 그녀는 18세까지 기다려달라고 했다. 그러던 사이 프란치스코 성인의 설교를 듣고 그를 따르기로 했다. 프란치스코를 영적 아버지로 정하고 그를 격려하고 보조했으며 그가 병든 후 59세로 선종 할 때까지 병상에서 간호하였다.

그녀는 산다미아노 성당에 속한 엄격하고 검소한 생활을 하는 가난한 자매회에 들어갔다. 최초로 여성 수도회 규칙을 작성하여 교황청에서 인증을 받았다. 그녀가 죽은 후 그녀의 이름을 딴 산타키아라 대성당이 완공되었고 1263년 가난한 자매회는 성 클라라 수녀회로 공식 명칭이 되었다.

성 프란치스코 성당은 하부와 상부가 있고 하부 성당 지하에 그의 유해가 안치되어 있다. 그는 큰 성당을 원하지 않았는데 1228년 쏟아지는 헌금으로 재정이 늘자 건축이 시작되었다. 위로 올라가는 가는 길은 그 이전에는 처형장으로 가는 지옥의 길이었지만 지금은 성당으로 올라가는 천국의 길이 되었다.

성 프란치스코 성당

성 프란치스코 성당 내부

꼭 가보아야 할 남부 항구도시

소렌토 포지타노 아말피 해안도로

로마에서 일일 남부 관광을 했다. 서해안 남쪽으로 230km 떨어져 있는 아름다운 항구 도시는 기원전 5~6세기에 그리스가 건설했다. 그때나 지금이나 부호들의 휴양지로 알려져 있으며 관광은 세계 3대 아름다운 항구 중의 하나인 나폴리에서 시작한다.

포지타노 거리

바람의 파노라마_고대로마 시칠리아 이탈리아

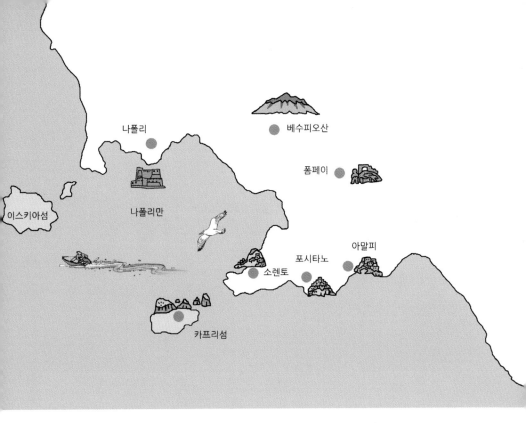

맵의 지명: 나폴리, 베수피오산, 폼페이, 이스키아섬, 나폴리만, 아말피, 포시타노, 소렌토, 카프리섬

    오전에 폼페이를 구경하고 점심을 먹고 소렌토로 가서 세계적인 드라이브코스라고 하는 아말피 해안도로를 달렸다. 오른쪽으로 바다가 보이고 왼쪽에는 산맥이 있다. 아찔하게 내려다보이는 절벽과 산 중턱에 다닥다닥 아기자기 달라붙은 집들이 절경이다. 소렌토 서쪽으로 고대 황제들의 별장이 있었던 카프리섬이 있다.

    포지타노는 꼭 가보아야 아름다운 도시라고 하는데 로마에서 직접 가는 교통이 없다. 테르미니역에서 기차를 타고 나폴리로 가서 소렌토로 가는 기차로 갈아타고 중앙역에서 내린 후 버스를 타고 가야 한다. 4천여 명이 살고 있고 골목마다 예쁜 카페와 상점이 산 중턱을 따라 아래로 내려가며 옹기종기 모여있다. 레몬으로 만든 다양한 제품 중에 레몬사탕도 한 몫한다. 유람선을 타고 아말피까지 와서 다시 버스를 타고 로마로 돌아왔다.

나폴리 항구

소렌토

바람의 파노라마 _ 고대로마 시칠리아 이탈리아

포지타노

뒤돌아 보지 마세요
시간이 멈추어 화석이 된 폼페이

폼페이는 나폴리에서 남서쪽으로 23km 떨어져 있다. 서기 79년 베수비오Vesuvius 화산의 폭발로 도시는 6m로 쌓인 화산재에 완전히 묻혀버렸다. 18세기에 들어와 발굴되기 시작했으며 당시 고대 그리스 로마 생활상이 시간이 멈춘 듯 그대로 보존되어 고대사 연구에 주요한 자료가 되고 있다.

아름다운 항구와 가깝고 지반 열로 겨울에도 그다지 춥지 않아 로마 귀족과 부유층의 휴양지로 별장이 많이 있었다. 2만여 명이 살았고 농업 상업 무역으로 풍요로웠으며 도시계획이 잘 되어 있었다. 면적 630㎢로 3km의 방벽으로 둘러싸여 있었고 7개의 성문이 있었다. 도로는 돌로 포장되었고 마차가 지나가는 길이 따로 있었다.

평상시처럼 분주하던 어느 날 그런 재앙이 닥칠지 누가 알았겠나. 당시 상황은 친구를 구해주러 갔다가 죽은 사람의 조카가 직접 경험한 것을 쓴 편지를 통해 알려졌다. 이전에도 작은 지진과 화산 폭발이 자주 있었다. 대폭발이 있기 사흘 전에 잦은 진동이 있었으나 사람들은 익숙해져 있어 그리 놀라지 않았다. 그러다가 이틀에 거쳐 서너 번 큰 폭발이 있었다.

오후가 되자 하늘에서 화산재와 돌이 떨어져 내렸다. 그렇게 빠르게 뜨거운 용암이 흘러 내려 집을 태우고 길을 막을 줄 몰랐다. 유독가스로 질식했다기 보다는 뜨거운 열기로 급사했다. 인구의 10%인 2천여 명이 도망가지 못하고 죽어 화석이 되었다. 당시 모습이 그대로 복원될 수 있었던 것은 간단한 원리였지만 큰 발견이었다. 신체를 덮은 화산재는 오랜 시간이 흐르며 굳어졌으나 내부는 썩어 공간이 생겼다. 그 안에 석고를 부은 후 응고되었을 때 화산재를 떼어 냈다.

처음 터졌을 때 다 버리고 떠났으면 목숨을 건질 수 있었을까. 죽음을 피하지 못한데는 별의별 이유가 다 있었을 것이다. 뒤돌아보지 말라고 했는데 무슨 이유로였는지 고모라는 뒤를 돌아다 보다가 소금 기둥이 되었다.

어제도 오늘도 크고 작게 땅이 갈라지고 화산이 터지고 있다. 지난 2021년 통가의 해저가 폭발하며 내 뿜는 열기의 위력은 제2차 세계대전 히로시마 핵폭발의 수백 배였다고 한다. 그로 인한 쓰나미와 화산재가 여의도 면적만 한 크기를 쑥대밭으로 만들었고 세계를 놀라게 했다.

인간이 감정을 분출하듯 화산도 주기적으로 그리고 간헐적으로 불을 뿜어내고 있다. 언젠간 터지겠지만 그렇다고 두려움 속에 살 수는 없다. 그때는 그때이고 지금은 지금이니까.

폼페이

바람의 파노라마_고대로마 시칠리아 이탈리아

"딸아, 네 믿음이 너를 구원하였다"
바티칸 시국, 성 베드로 대성당

스페인에서는 바오로의 무덤이 있는 산티아고가 순례지의 끝이다. 이탈리아에서는 베드로의 무덤이 있는 바티칸 대성당이다. 처음 갔을 때 때마침 요한 바오로 2세 교황님이 집전하시는 미사가 있었다. 먼발치에서 잠깐 보았는데도 가슴이 뛰었다. 가까이서 실제로 뵙는 그 기쁨은 이루 말할 수  없다. 왜 그런 것일까? 예수님이 병자를 고쳐주시자 많은 군중이 따랐다. 한 여인이 간절한 마음으로 예수님의 옷자락에 손을 대자 치유되었다^{마르} _{5,34}고 하는데 같은 맥락이 아닐까?

바티칸 시국은 가톨릭의 총본부이며 독립된 도시국가로 세계에서 가장 작은 나라이다_{44k㎡}. 도시 전체가 유네스코 문화재로 등록되어 있다. 천 여명의 시민이 있고 70%가 가톨릭 추기경과 성직자 그리고 스위스 젊은 가톨릭 남자로 구성된 근위병이다.

이곳은 바티칸 언덕으로 키벨레와 아티스신을 숭배했던 신성한 곳이었다. 네로 황제 때 원형 경기장이 있었다. 대화재 이후 크리스천이 이곳에서 처형되었고 이때 베드로 또한 거꾸로 매달리는 십자가형을 받고 순교하였다. 그것을 기리기 위해 콘스탄티누스 황제는 326년 경기장을 허물고 베드로 무덤 위에 성전을 지었다. 그 외 사도 궁전, 시스티나 경당, 바티칸 미술관과 도서관이 있다.

로마에 있는 교회는 756년부터 교황령에 속하게 되었다. 현재 성 베드로 대성당은 1505년 교황 율리오 2세 때 짓기 시작하여 100여년 걸렸다. 부족한 기금은 세금으로 충당하고 콜로세움의 돌을 가져다 지었다. 이탈리아로 강제 통합되었다가 끝없는 저항으로 1929년 파시스트 무솔리니때 독립을 인정받았고 성전에서 테베레 강까지 화해의 도로가 건설되었다.

성당 내부에 하이라이트인 중앙제대 위에 네 개의 기둥이 소용돌이치듯 감겨 있는 것은 영혼이 하늘나라로 올라가는 것을 형상화한 것으로 베르니니가 설계하였다_{높이29m, 무게37t}. 재료가 부족하자 판테온 내부 천장에서 수십 톤의 청동을 떼어 왔다. 광장_{246m×300m} 또한 베르니니의 설계로 대칭으로 균형을 맞추었으며 둘러싸고 있는 대회랑은 284개의 대리석 원기둥으로 높이가 16m나 된다. 그 위에 3m 크기의 성인과 교황의 조각상 140개가 있다.

2014년 8월 프란치스코 교황님이 한국에 오셨을 때, 한국에 있었지만 자격이 안되어 갈 수 없었다. 수요일마다 바티칸 성당 광장에서 행차가 있으시다니 시간을 맞추어 예약을 했다. 예수님은 들판에 그리고 광야에서 설교하셨다. 화려한 성전을 보고 무어라고 말씀하실까.

줄 서지 않고 곧바로 들어가 좋은 자리에서 교황님을 볼 수 있다는 말에 돈을 더 주고 티켓을 샀다. 그러나 가이드와 만나지 못하고 밀쳐대는 군중으로 인산인해를 이루며 좁아진 입구로 밀려 들어가 겨우 자리를 잡아 교황님을 뵈었다.

〈천지창조〉와〈최후의 심판〉
교황의 관저 시스틴 경당

바티칸 대성당 회랑을 따라가면 교황의 거처인 시스틴 경당이 있다. 나선형 층계를 통해 박물관을 거쳐 들어가는 복도120m×6m는 타임머신이 되어 5백년 전으로 돌려놓는다. 그 끝에 놀라운 공간이 나온다. 이곳은 솔로몬의 성전과 같은 규모약41m×13m라고 한다. 마조레 성당이었는데 당시 교황 식스토 4세의 이름을 따서 시스틴 경당으로 1483년에 재건되었다.

이곳에서 교황이 직접 미사를 집전하며 교황을 선출한다. 경당 굴뚝으로 내보내는 연기색으로 결과를 알린다. 새 교황이 선출되면 하얀 연기를 무효가 되면 검은 연기를 내보낸다.

교황 율리오 2세는 1508년 미켈란젤로에게 천장 그림을 그려달라고 했다. 그는 조각과 건축만 했던지라 공공 건물에 그림을 그리는 것은 처음이었다. 교황의 간섭 없이 마음대로 그려도 된다는 허락을 받고 구약 창세기에 나오는 이야기 중 〈천지창조〉, 〈인류의 타락〉, 〈구원의 약속〉 등 9개의 그림을 4년에 거쳐 완성하였다. 20여년 후 교황 바오로 3세의 의뢰를 받아들여 제대 위에 〈최후의 심판〉을 그렸는데 이는 단테의 〈신곡〉에서 영감을 얻었다고 한다.

내부는 라파엘로가 그린 그림의 태피스트리로 벽을 장식했는데 약탈되거나 불에 타서 현재는 두 개만 남아 있다. 도서관에는 15만권의 필사본과 160만권의 인쇄본 도서가 있다. 이곳에서 TV 프로그램을 제작하고 라디오 방송은 40개의 언어로 통역되어 나간다.

인파에 밀려 쓸려 들어갔다 쓸려 나온다. 더위에 그리고 장대함에 그리고 넘치는 자극에 무감각해진다. 곳곳에 피 묻은 역사는 몇천 년의 자존심인가. 먼지에 묻혀 거리에 흩어진 돌이 되어 발길에 차인다.

로마에서 걸린 급성 감기

　일행 중에 한 사람이 감기에 걸렸다. 그리고 돌아가며 다 걸렸다. 내 차례가 왔다. 천하장사도 어쩔 수 없다. 아침에 목이 칼칼했다. 목과 붙은 코 끝도 느낌이 왔다. 뜨거운 한 여름에 누가 걸릴 줄 알았나. 초기에 잡을 수 있는데 예방약을 하나도 준비해 오지 않았다. 한 번 걸리면 된통 앓아야 한다.

　파마시아Famacia 약국, 초록색 십자가가 있어 찾기가 좋다. 평상시 약을 먹지 않지만 찬밥을 따질 때가 아니다. 약사는 친절하게 스프레이로 줄까 캔디로 줄까하고 물어보았다. 타이레놀을 달라고 하자 모른다고 했다. 종이에 스펠링을 적어 주었으나 그래도 모르겠다고 했다. 국제적 상비약인 줄 알았는데 아닌가 보다. 처방해 준 약을 먹자 말소리가 기적처럼 새어나왔다. 다 먹을 즈음 목소리가 정상으로 돌아왔다. 코끝까지 시원하게 숨통이 트였다. 몇 통 더 사올 것을 그랬다.

로마를 뒤로하며

협죽도의 하얀 핑크빛 미소
자존심인가 사죄하는 마음인가
펄럭이는 삼색 깃발로
온 세상 사람을 맞고
화려한 투구와 갑옷 그리고
칼을 찬 로마 군사들은
버섯구름 거대한 가로수가 되어
가는 이를 꼿꼿이 서 배웅해 준다

천년도 엊그제인 양
입성했던 들뜬 가슴은
부서진 형상에
정열을 탕진한 채 기진맥진
돌아서는 바람이 쓸쓸하다.

새벽 12시 반,
더 자야 하는데 머리에서 생각들이 꿈틀거린다.
여행을 다녀온 언어들이 밖으로 나가고 싶어 아우성친다.

구름처럼 사라지고 폐지가 되어 종잇조각처럼 사라질 것을
시작할까 말까 책으로 엮어질 수 있을까?
매번 부딪치는 유혹이자 도전이다
80이 넘으신 지인께서 작품전을 한다는 소식에 감명받았다.

아인슈타인은 창조는 충동으로 만들어진다고 했다.
왜 글을 쓰고 책을 내는지를
에너지의 분출이다. 그냥 좋아서 하는 것이다.

시간과 공간은 절대적인 것이 아니라 상대적이라고 했다.
좋을 때는 빨리 가지만 기다리는 지루한 시간은 길다.

빛의 속도로 움직일 때 시간은 정지한다.
그보다 더 빨리 가면 시간은 거꾸로 가기 시작한다.
생각이 없는 의식은 빛의 속도라고 했다.
그래서 시간이 없어지고 그냥 머문다.
　영원함이다. "나다, I AM"탈출기3:14.

참고자료

Classical Mythology Elizabeth Vandiver, The Great courses.

Great Mythologies of the World, The Great Courses.

Roman Empire, Negel Rodgers, Anness Publishing Ltd., 2010.

The Other Side of History: Daily Life in Ancient Elizabeth Vandiver, The Great Course.

The Twelves Greeks and Romans Who Changed the World, Carl J. Richard, Barns & Nobles Publishing 2006.

The Rise of Rome, Gregory S. Aldrete, The Great Courses.

The Roman Empire: From Augustus to the Fall of Rome, Gregory S. Aldrete, The Great Courses.

영어, 한글 위키피디아.

세계 명화, 6권 전집, 삼성출판사, 1982.